薄幸の巫女は召喚勇者の一途な愛で護られる

プロローグ

神殿の最奥にあるその部屋は、天井から壁、床に至るまでのすべてが純白の石でできていた。ただの石ではない。王国全土から集められ、厳選された白大理石に浄化と聖化の加工を施したものだ。この場にはほんのわずかな『穢れ』も許さない——そんな強い意思を感じさせる室内に集う者もまた、全身を白い衣装に包んでいた。

神殿の最高位である教皇と、五名の司教は、フード付きの袖の長いローブを羽織っており、少し離れたところに控える十名の『巫女』たちは、巫女装束の上から全身を包み込むヴェールをつけている。

各人の髪色や肌の色すら許さぬ、絶対的な『白』の室内に、かすかにしわがれた教皇の声が響き渡った。

「我らの祈りは神の御許に届いた。これより、今代の『勇者』が召喚される」

その宣言と同時に、真っ白い床に光の魔法陣が浮かび上がる。

それは、最初、白い光を放つ細い線で形作られていた。それが瞬く間に太くしっかりとした輪郭となる。白い光はわずかに金色に輝き、フードやヴェール越しにも、目に痛みを感じるのか、周囲の人間が手で目を覆い――やがて、それが一点に収束し始めた。

くるくると光が渦巻き、その先端が天井めがけて長く伸びる。

「おお……」

驚嘆のため息を漏らしたのは、司教の一人。

はるか昔から神殿に伝わる『召喚の書』に記されたものと同じ光景に、居並ぶ全員が息をすることも忘れ、くぎ付けになる。

直後、密度を増した光が爆発した。あまりの眩さに全員、目を開けていることができず、反射的に瞼を閉じる。

それが再び開かれたとき――

消えた魔法陣の代わりに、そこにはこの室内で唯一、白以外をまとった人物が、所在無げに立ち尽くしていた。

「成功だ――ここに、今代の『勇者』が降臨された」

教皇の声に、室内にいた全員の目が『彼』に集中する。

しかし――

「あれ……が、勇者……？」

戸惑ったような声を上げるのは、後方に控える巫女たちだ。

彼女らは、突然異世界に召喚されて右も左も分からないであろう勇者に、公私共に寄り添う役目を担うためにここにいる。

勇者がこの世界で非常に重要な役割を果たす故に、そのほとんどが高位貴族の令嬢である。幼いころからきちんと教育をされ、神殿に入ってからは勇者への献身をしっかりと教え込まれた——はずなのだが。

「え？　……嘘、でしょう？」

「なんですの、あれ……勇者様って……え？」

定められていた儀式の手順としては、勇者の顕現を確認したのち、各々が被っていたヴェールを外して歩み寄り、まずは一人を選んでもらう——ちなみに、勇者との相性が悪かった場合は交代もありえるし、勇者の希望があれば追加も可能だ。

それにはまず、彼に近づかなければならないのだが、誰一人として足を進めるどころかヴェールを外すことも失念している。

そして、本来ならば彼女らを促さなければならない司教はおろか、つい先ほど、勇者降臨を宣したばかりの教皇ですら、勇者の風体を確認して、あんぐりと口を開き固まっている。

おかげで、誰一人として動けず、声も出せない。ただ、部屋の中央にたたずむ『彼』を見つめるばかりで——王国で最も重要な儀式はまだ続いているにもかかわらず、なんとも言えない空白の時間がしばし続いた。

しばらくして、無言で視線を向けられていた彼が、ゆっくりと右手を上げ、髭に包まれた頬をポリポリとかきながら、ぼつりと言葉を発した。

「——幻覚が見える……さすがに三十過ぎてのから三徹はやばかったかな」

第一章

この国——オーモンド王国は、国土の中に『魔の森』といわれる地域を抱える難治の地である。

数世代に一度、およそ百年を周期にそこから魔物があふれ出す現象は『魔津波』と呼ばれていた。

そのせいで、本来ならば人が安心して住めるような場所ではない。

それでも、ここが国として成り立っているのは、古くから伝えられる儀式があるからだ。

『勇者召喚』

話は、はるか昔、この地に存在するのが小さな集落のみだったころにさかのぼる。

王家に伝わる伝承によれば、そこを訪れたのは亡国の王子と、その護衛たちだったそうだ。

生国を追われ、ようやくたどり着いたのは魔物の恐怖におびえる場所。けれど、その地で懸命に生きる人々を見た王子は、ここを終の棲家とすることを決めたという。

だが、問題は魔の森だ。彼が引き連れてきた護衛たちは、一騎当千のつわものぞろいではあったが、それはあくまでも『人』に対して。恐ろしい魔物たちから人々を守るのには心もとない。

故に、王子は神に祈る。

それは三日三晩に及び、王子はついに力尽き、地に倒れ伏したが、その熱意に打たれた神は、一つの秘儀を彼に授けた。

それが『勇者召喚』である。

いずことも知れぬ地から喚(よ)び出(だ)された勇者は、王子の友となり、共に恐ろしい魔津波を迎え撃つ。

やがて、妻をめとった王子は長男を自らの後継とし、次男には秘儀を伝え神殿を作らせた。

王子の友であり英雄でもある勇者は、王子の右腕として生涯、そのそばにいたという。

それが、オーモンド王国の建国神話である。

あれからはるかな年月を経た今、魔津波の予兆を察知した神殿により、勇者召喚の儀が執(と)り行(おこな)われたわけなのだが――


「――幻覚が見える……さすがに三十過ぎてからの三徹はやばかったかな」

『勇者』であろうその人物は、ぽりぽりと頬を掻(か)き、ついでに頭も同じようにした。櫛目(くしめ)の通っていない髪は漆黒(しっこく)、ぼさぼさの前髪に隠れて見えづらいが瞳は黒に近い濃茶である。

身に着けているのは、この国では見慣れない体のラインに沿う形のもので、濃い色の布を使っているのも伝承通りだ。

ただ、決定的に違うことが一つだけある。

「……おかしいでしょう？　だって、勇者様って、もっと……」

「え、ええ、そうですわ！　わたくしたちと同じような年ごろだと……」

「わたくしも、そう聞いておりますっ」

この場に集められた巫女(みこ)は、十三歳から十七歳の間の貴族の令嬢たちだ。

これは、これまでに現れた勇者が彼女らと同じ年ごろの少年だったことによる。

ところが今、彼女らの視線の先にいる勇者は、その顔にうっすらと髭を蓄えており、肌の艶からして十代には見えない。その表情も、更には服装までもがひどくくたびれた様子で、明らかにもっと上の年齢――いや、本人が今、言ったではないか。「三十を過ぎている」と。

「どういうことですの、神官様っ？」

「いや、我々にも……しかし、教皇猊下が、召喚は成功したと……」

秘伝書の内容に沿うのなら、真っ先に勇者に歩み寄るのは巫女でなければならない。

だが、ひそひそと会話を交わすばかりで誰も動こうとはせず、それを窘め指示すべき神官も困惑するばかりで、その役目を果たせそうにない。

この国で最も重要な儀式の最中とは思えない混乱の中――最後列から、他の者たちよりも少しだけ背の高い一人の巫女がゆっくりと進み出た。

「お初にお目にかかります、勇者様――ようこそ、オーモンドへ。突然の出来事に驚かれていらっしゃいますでしょうが、どうか私どもの話にお耳を傾けてくださいますよう、お願い申し上げます」

そう告げながらまとっていたヴェールを取り去る。淡い銀の髪がその下から現れた。瞳は新緑の色だ。

「シ、シアーシャっ！」

「お許しください、神官様。ですが、誰かが動かねば……さぁ、貴女方も何をしているのです？

早く勇者様にお顔を見ていただかねば」

彼女が先に動くことは、予定にはない。

だが、その巫女――シアーシャと呼ばれた女性が声をかけることにより、他の巫女たちもやっと各々のヴェールを外す。

金、赤、緑、青――その髪色は様々で、瞳の色も同様だ。そして、どの巫女も若く、美しい。

その彼女たちに比べるとシアーシャと呼ばれた巫女だけが、年齢が上だ。

「さぁ、ミラーカ様？」

仲間の様子を確認し、シアーシャが改めて後列に下がりながら、巫女の一人に小さく声をかける。

本来なら、真っ先に声をかけるのは彼女の役割だった。

「あ……よ、ようこそ、勇者様。よくぞおいでっくださいました」

幾分ぎこちないながらも、美しい所作で頭を下げる。それに倣い、他の巫女たちも同じように首を垂れた。彼女たちが再び顔を上げたとき、現れて以来、一言しか発していない勇者が戸惑ったような声を上げる。

「……最近の幻覚は音声付きか？　いや、もしかして、俺、寝たか？　やべぇ、せっかく終電に間に合ったってのに、終着駅とか最悪だ」

何を言っているのか、半分以上は理解できないが、これは召喚された勇者に共通することである。

「終点……どこだっけ？　あー、頭働かねぇ……ビジホはこの時間じゃ無理だよな。ネカフェ、あるといいなぁ……いや、こうなったらファミレスでもいい」

低い声でぶつぶつと何やら呟いているが、この場にいる者たちとしては、まずはこの勇者に、巫女の中から一人を選んでもらわねば話が始まらない。

「あ、あの、勇者様？　……よろしければ、この国やその他のことについてご説明したいと存じます。まずはそのためにもわたくしたち巫女の中から、一人をお選びいただけませんでしょうか？　話はその者がいたします」

ミラーカという巫女が——彼女は、この日のために一時的に巫女の身分となっているが、実は筆頭公爵家の令嬢である。年は十五歳で、豪奢な金髪に青い目はこの国の王族と同じ色だ。高位貴族として当たり前だが、容姿は端麗。

彼女こそが勇者のパートナーとして選ばれるであろうと予想され、本人もそう希望していた。

——実際に勇者が現れるまでは。

「勿論、一人といわず二人でも、それ以上でも構いませんわ。ですので、どうかわたくしたちを御覧になってくださいませ」

そう言いながら、彼女はさりげなく脇に寄り、他の巫女たちに勇者の視線を誘導する。

そんなミラーカに、神官たちがもの言いたげな顔になった。だが、勇者が混乱するのを避けるため、最初の会話は巫女が主体となると定められているので口を挟めない。

「さぁ、勇者様」

「しかし……えらく鮮明な夢だな。これが明晰夢ってやつか、初めて見たわ」

「夢ではございませんわ、勇者様」

「はいはい。仕方ねぇ、終点で起こしてもらうまでは付き合ってやるよ——で、一人選べって？」

ぼさぼさの前髪の下の、どこか茫洋とした視線が巫女たちの上を通り過ぎる。

本来ならば（貴族令嬢としてはありえないが）押し合いへし合い、勇者のもとへ駆けつけるであろう彼女たちは、誰一人としてそれ以上、勇者に近づこうとしない。

勇者はそんな彼女たちや、もの言いたげな神官らを気にする様子もなく、ぐるりと見回したのち、小さなため息をつく。

「なんだ、これ……もしかして、俺、ロリの気があったのか？　ＪＫとかＪＣばっかじゃんよ……いくら夢だからって、この中から選べって……あ」

最後列。最初に彼に話しかけた巫女——シアーシャの上でその視線が止まる。

「いたいた、さっきの彼女。なんでそんな隅っこにいるの？　俺、君がいい」

その言葉に驚いたのはシアーシャのほうだ。

「……え？　あの……私、ですか？」

「うん、君がいい。てか、もしかしてこれ、君を選んじゃダメなパターン？　惜しいな、すごく好みなんだけど」

「い、いえ。そのようなことは……」

どの巫女を選ぼうと、勇者の希望は最優先される。それが、たとえ選抜対象である若い巫女たちのおまけ、よく言い直しても補佐としてこの場にいたシアーシャであろうともだ。

シアーシャは確認のために、そっと教皇以下の神官たちに視線を向ける。だが、彼らはどうにもイレギュラーな今回の勇者に、いまだに混乱しているらしい。その中の一人が、なんとか頷き、了承を知らせた。

彼女は、今度は巫女たちのほうを窺う。こちらからは、勇者が予想外に年をとっていた上にその風体もあってか、「自分が選ばれなくてよかった」という気持ちがひしひしと伝わってきた。

これはもう、逃れられない。

「お言葉、ありがたく承ります。シアーシャと申します。勇者様の御心のまま、どのようなことでもお申し付けくださいませ」

「シアーシャ？　なら、シアさんでいいか。どのようなことでも……って、マジ？　君みたいなきれいな人にそんなこと言われたら、俺、調子にのっちゃうよ？」

軽薄なセリフに顔をしかめる者もいるが、シアーシャとしては己に課せられた責務を果たすだけだ。

「それでは、いろいろとお疲れの御様子ですし、まずは勇者様のお部屋へご案内いたします。そこでゆるりとお休みいただき、説明はその後ということで……」

「部屋？　……あー、よっぽど疲れてたんだな、俺。夢なのに体がだるいし、眠い……あ、もしかして風呂とかある？」

「はい、すぐに御用意いたします」

「ありがとう。どうせ寝るならさっぱりしてから寝たいし――てか、これ夢ん中だけど寝れるのかな？」

勇者はいまだにこれが夢だと思っているらしいが、その説明をするためにも、場所を移したほうがいいだろうと、シアーシャは判断した。

代々の勇者のために用意された部屋は神殿の最奥部にある。普段は人の出入りが少ない場所だが、召喚の儀が行われるにあたり、きれいに掃き清められ、調度品も新しいものに代えられていた。

「え？　なんで、こんないっぱいついてくんの？　夢の中でまで気を遣いたくないんだけど……」

侶伴――この国で勇者に選ばれた巫女を指す言葉だ――には、シアーシャが選ばれはしたが、一人で勇者の身の回りの世話をするのは無理がある。そのため、召喚の儀に出られなかった巫女が数人、その任に当たることになっているのだが、あろうことか勇者がそれを拒絶した。

「私共は御身周りのお世話を仰せつかっております」

「いらない、いらない。風呂くらい一人で入れるし……ああ、シアさんが手伝ってくれるんなら大歓迎だけど」

「で、ですが、それでは私共がお叱りを受けてしまいますわ」

勇者の近くに仕えるにあたり、この巫女たちも若く、容姿の優れた者ばかりだ。

それなのに、役目が果たせないからと涙目ですがられても、勇者の対応はそっけない。

「そんなの知らないし、いらないったらいらない。つか、俺、早く風呂に入りたいんだよ。さっさと出てってくんない？」

にべもない、とはこのことだ。そこまで言われてしまえば、もうそれ以上食い下がることはできない。勇者が希望したことが何よりも優先されなければならないのだから。

「……では、失礼いたします。何事か御用がございましたら、御遠慮なくお呼びください」

渋々ながらも引き下がる、そのついでに、シアーシャを睨みつけていく。彼女たちの気持ちが分からなくもなく、シアーシャはそっと目を伏せることしかできなかった。

「あー、やっと出てってくれた。こんなおっさんの世話なんてしたくもないだろうに、なんであんなに食い下がるかねぇ？」

「まぁ、勇者様。そんな……」

「これも俺の潜在意識の希望ってやつ？　なんか、自己嫌悪に陥りそうだ――あー、やめやめ。夢でまで悩みたくねぇわ。それより、風呂は？」

「あ、はい。こちらです」

浴室付きの個室など、大貴族の屋敷でもなければお目にかかれない。けれど、これまでの勇者が風呂好きだったということもあり、当然のように用意されていた。

「うわ、やべぇほど豪華！」

潤沢にたたえられたお湯の湿気で、浴室はすでに十分に温まっている。

床にめり込むように設置された石造りの浴槽は、大の大人が数人入っても余裕があるだろう。この国では珍しい作りだが、気に入ってもらえたらしい。

「あれ、でも蛇口がないな……もしかして、大昔みたいにバケツで汲み入れる系？」

「いえ、水と火の魔道具がありますので、おそらくはそれで御用意したものかと」

「魔道具……ああ、召喚魔法で俺を喚んだっつってたもんな。なるほど、コンセプトは剣と魔法の世界か。三つ前の仕事がそれだったし、頭のどっかに残ってたってことか……いや、それより、この風呂っ！　これ独り占めとか、ここ、天国かっ？」

そんなことを言いながら、勇者はまだシアーシャがいるにもかかわらず、どんどんと服を脱いでいく。

鼻歌交じりに上着を脱ぎ捨て、白いシャツの襟に通していたネクタイを外し、アンダーシャツもろともばさりと無造作に床に投げ捨てる。次いでスラックスのベルトに手をかけたのを見て、退室するタイミングを失っていたシアーシャは慌てて視線を外し、床にある衣類を拾い上げることに集中した。

なるべく床に視線を固定していると、最後の一枚――彼女には見慣れない下穿きだろうものがひらりと落ちてきて、さすがにぎょっとしたところで大きな水音がする。

やや緊張しながら振り向くと、すでに勇者はどっぷりとお湯につかっていた。

「……あー、生き返る」

浴槽に身を沈めているので、シアーシャから見えるのは勇者の肩から上だけだ。そのことにほっとしながら、勇者に声をかける。

「勇者様、お湯加減はいかがですか？」

「超最高！　ここんとこシャワーしか浴びれてなくてさ。これが夢だとしても、こんな風呂に入れるなんて会社に缶詰で頑張ったかいがあったよなぁ」

いまだにこれが夢の中だと思われているのは残念だが、喜んでくれているのはいいことだ。

それに、髭面ばかりに目が行っていたが、よく観察すれば目の下の隈が濃い。全体的にくたびれた様子なのも、こちらに来る前に極度の疲労状態にあったのだろう。

これから勇者に、この世界のことを――どうして彼が喚ばれたのかも含めて、説明しなければならないのだが、この状態できちんと耳に入るものだろうか？

そう思いはするが、なるべく早く話をしなければならないのも本当だ。

幸いなことに、シアーシャは選抜された巫女たちの世話役として、彼女らに施された講義にも一緒に出ていたため、何を言えばいいのかは分かる。たとえここで聞き流されても、後でもう一度説明すればいいことだ。

そう割り切り、けれど、さすがにずっと人の、しかも異性の入浴を見物し続けるのは気が引けたため、隅に置かれていた衝立を移動させ、その陰に隠れた後に口を開いた。

「どうぞ、そのままでお聞きください。まずはこの国――オーモンド王国の成り立ちからお話しいたします」

説明はできるだけ簡素に。細かいことは後々でいい。そう心掛けつつ先を続ける。

オーモンド王国の建国神話。魔の森。勇者召喚の儀の重要性と、その勇者に仕える巫女の役割等々。

それらの話に、衝立の反対側から「へぇ、そうなんだ」や「なるほど」という返事が聞こえてくる。そうしたやり取りがしばらく続き、とりあえずの説明が終わりかけたころ――

「なるほどなぁ……で、侶伴ってことは、君は俺の専属の巫女さんってことだよな？　それも『公私』にわたって？」

「その通りですわ」

「公私にわたり、ってのがすごい気になるんだけど……もし俺がいろいろとそういうコトを要求したとしても、シアさんは応えてくれちゃうわけ？」

最初に気になるのが、この世界のことでも、これから先、自分が立ち向かわねばならない『魔津波』のことでもなくソコなのか、と。問いただしたくなる気持ちを抑え、シアーシャは頷く。

「はい。勇者様にお選びいただいたときより、私の身も心も、勇者様のものにございます」

「ふぅん、そうなんだ……よし、俺の潜在意識グッジョブ！」

「は？」

「あ、いや、それはこっちの話――しかし、そうか……マジでよくできてるよなぁ、この夢……こりゃ、俺、次の案件、シナリオ担当してもいい、かもしれ……な、い……」

「……勇者様？　どうかなされましたか？」

シアーシャがそう声をかけたのは、勇者の声がいきなり小さくなった上に、妙にとぎれとぎれになったからだ。

「勇者様？」

応えがないことが不安になり、もう一度、少し強めに声をかけるが、これにも返事がない。これまでのやり取りでは、短い「ああ」とか「ふぅん」などという相槌が多かったとはいえ、きちんと返事をしてくれていたのに、だ。

「勇者様、少し失礼いたします」

思い切って、衝立の陰から顔を出し——悲鳴を上げた。

「勇者様っ⁉」

返事がないのも当たり前だ。湯船の中に勇者の姿が見当たらない——というか、目を閉じてブクブクと口から泡を噴きながら浴槽の底に沈んでいる。

「勇者様っ！　目を開けてください！」

とっさに両腕をお湯の中に突っ込み、勇者の体を支える。彼と違いこちらは着衣のままなのでずぶぬれになるが、そんなことには構っていられない。

成人した男性の体を非力なシアーシャが引き起こすのは、浮力の助けを借りても大変な作業だったが、それでもなんとか間に合ったようだ。

「……ぶはっ！　げほっ……ごほっ」

「勇者様っ！　御無事ですかっ？」

「やべぇ……げほっ。夢の中で、死ぬとこ、だったたっ」

気管にお湯が入ったのだろう。げほごほと咳をしているが、口が利けるのなら命に別状はないはずだ。

「……ああ、よかった」

「助かった、ありがとう——いや、なんか急に眠気が襲ってきてさ。ちょっとだけって思って目を瞑（つむ）ったら、そのまま寝たらしい」

　まさか湯につかったまま寝るとは誰が思うだろう。ため息をつきたくなるが、それほどまでに疲れていたのだと思えば責めることもできないし、そんな状態なのにあれこれと話をしていた自分のことを反省する。

「こちらこそ申し訳ありません。話は後回しにして、まずはお休みいただきたく――」

　話は後でもできる。いや、最初からそうすべきだった。

　いくら神官たちに命じられていたとしても、今のシアーシャは勇者の侶伴だ。彼のことを第一に考えねばならない。

「隣に寝台がございます。そちらまで移動できますか？」

「ああ、そのくらいなら何も問題ない。けど――」

「けれど？」

「いや、いい眺めだな、って」

　まじまじとこちらを見つめるその視線に、釣られるようにして自分の体に目をやる。シアーシャは彼の言葉の意味が分かった。

「え？　……あっ⁉」

　湯船の底から彼を引き上げたせいで、彼女のまとっている衣は重く濡れそぼっている。巫女（みこ）の衣装は白と決まっているせいもあり、ぴったりと張り付いた布は彼女の体の輪郭（りんかく）どころか、うっすらとその肌色までをも露（あら）わにしていた。

「きゃぁっ！　――も、申し訳ありません。お見苦しいものをっ」

「いやいや、見苦しくなんかないし、眼福だし」

慌てて体を隠そうとするものの、前も後ろも濡れているし、上から羽織る適当なものがない。隣室に行けば何かあるはずだが、たった今おぼれかけた勇者を一人にするのもはばかられる。

結果、おろおろとするだけのシアーシャの腕が、妙に力強く勇者の掌にとらわれた。

「……ね？　さっきのセリフ、マジにとっていい？」

「は、はい？」

つい先ほどまで、どんよりとしていたはずの彼の目が、今は鋭い光を放ってシアーシャを見つめている。だが、体を隠すことで頭がいっぱいの彼女は、その意味を理解しかねた。

すぐに勇者が補足する。

「なんでも俺の希望通りにって……つまり、こういうこと、してもいいってことだよね？」

「え？　……あっ、きゃっ!?」

グイッと強く腕を引かれて踏みとどまることができず、シアーシャは勇者の胸に飛び込んでしまう。

「勇者様っ？」

「ダメなら、ダメって言ってよ。夢の中だろうと、嫌がる女の子に無理強いとかしたくないし。でも、シアさん……いや、シアちゃんって呼んでいい？　ものすごく俺のタイプなんだよね。銀色の髪や緑の目が、子供のころに読んだおとぎ話に出てくるお姫様みたいだし、なんていうのかな……

儚（はかな）い？　こう、守ってあげたくなる感じがもう、俺の好みのど真ん中」

「ゆ、勇者様……」

「だからさ。ホントにダメならそう言って？　そしたらちゃんと止めるし」

勇者は知らないが、シアーシャの生い立ちは恵まれたものではない。弱い回復術が使えたために巫女（みこ）として神殿に入れられはしたが、貴族の庶子である彼女はまっとうな扱いを受けてこなかった。後ろ盾のない巫女（みこ）など、衣食住が保障される分、孤児より多少ましな程度だ。

これまでほとんど『大事』にされたことのないシアーシャは、勇者の侶伴となりはしたが、そこに何かの希望を抱いているわけではない。この身は勇者をこの国にとどめるための道具でしかない。道具として、与えられた仕事をする。その中に閨（ねや）の相手が含まれていたとしても、覚悟の上だ。

なのに――

まさか、勇者が自分の意思を尊重してくれるなど、考えたこともなかった。

「……お体は？　その……先ほど、あれほどお疲れの御様子でしたし……？」

戸惑（とまど）いと、道具としての使命感、そしてうら若い娘としての恥じらいが入り交じり、やっと返せたのはそんな言葉だ。

「眠気はおぼれかけて吹っ飛んだ。体は――ものすごく疲れたはずなんだけど、シアちゃんと出会えたからかな。アドレナリン出まくりみたいで、今のとこは問題なし」

ドキドキと激しい鼓動は、自分のものなのか、それとも抱きしめられている勇者のものなのか。

判然としないながらも、そっと上目遣いに勇者の顔を見上げると、その頬が赤くなっているのが分かる。

それが風呂で温まったせいばかりではない——と、思いたい。

そんな考えが浮かんできたことに一番驚いたのは、シアーシャ自身だった。

「あ、あの……わたくしは、閨の作法はほとんど、その……」

『本物』の侶伴候補だった高位な貴族の令嬢の巫女たちの世話役として、シアーシャも侶伴に必要とされる講義には出ていたが、閨については『勇者の望むことを受け入れるように』とだけしか聞いていない。令嬢たちは各々の家で必要最低限ではあってもその手の教育を受けていたため、それで問題ないのだが、シアーシャはそうはいかなかった。基本的なことは知ってはいても、実際にどのように行われるかについては全くと言っていいほどの無知だ。

「大丈夫、ちゃんと優しくする。ちょっと今の俺の状態だと難しいけど、でも、できるだけ、ね？」

けれど、そうまで言われてしまい、彼女は頷くことしかできなかった。

浴室から寝台までは、そのまま勇者に運ばれて移動することになった。
「お、重いですからっ」
「どこが？　マジで羽根みたいに軽いよ」
軽く笑いながら言う勇者は、最初に出現したときのくたびれて生気のなかった彼とは別人のようだ。無精髭はそのままだが、湯につかったからか肌には張りと艶が戻り、髪も湿り気を帯びてしっとりと艶めいていた。

「濡れたままだと風邪ひくし、俺が脱がすけど……ホントにいいんだよね？」

「は、はい……っ」

トサリ、と寝台に降ろされる。思いがけなく勇者の顔が近かった。

やや長めの前髪の間からのぞく漆黒の瞳に見つめられる。そういえば、最初に見たときはこれほどの黒ではなく、もっと茶色味が強かったはず、などと頭に浮かんだ。だがそれも、衣の合わせにかけられた手の感触に、あっという間にどこかに行ってしまった。

濡れた衣を脱ぐのは厄介で、勇者の手の動きに合わせてシアーシャも体を動かす。

まるで自ら望んでいるようで羞恥に顔が赤くなるが、肌をかすめる指の感触は決して嫌なものではない。

最初から裸の勇者は恥ずかしくないのだろうか。いや、彼はまだこれが夢だと信じ込んでいるのだ。夢の中の一期一会、そんなふうに思っているのかもしれない。

それがそうではなかったと分かったとき、彼はどんな態度を見せるのだろう。

驚くのは間違いない。その様子を想像して、思わずシアーシャの唇が笑みの形になる。

「ああ、やっと笑った」

「え？」

シアーシャは勇者を見ていたが、勇者もまた彼女のことを観察していたらしい。

「笑い顔、ものすごくかわいい。あ、もしかして、俺の態度がおかしかった？」

「そ、そんなことはございませんっ」

「そう？　……まぁ、最初から真っ裸だもんなぁ。がっついて見えても仕方ないけど、でも、ホント、ちゃんと丁寧にするから」

そう言いながら顔を近づけてきたかと思うと、シアーシャの唇に少しだけかさついた勇者のそれが押し当てられた。

「っ！」

それが接吻(せっぷん)と呼ばれる行為であることくらいは、シアーシャも知っている。けれど知識でそうと分かっていても、実際に経験するのはまた別だ。

もともと赤くなっていた顔がこれ以上ないほどに上気する。

「ホントかわいいなぁ」

「ゆ、勇者様っ！」

「ちょっと焦(あせ)った声もかわいい――けど、どうせなら名前で呼んでほしいかな」

「……え？　で、ですが……」

そう言われて、シアーシャは気づく。勇者にも名前があるのだということに。

数世代に一度しか召喚されない勇者は、唯一無二の存在だ。類(たぐい)まれなる力を持ち、魔津波を治めてこの国を平和へ導いてくれる者であり、その代わりは誰にもできない。

そんな勇者とは、たった一人を指し示す呼称である。

ちなみに、過去の勇者は『先代』『先々代』『第〇代勇者』などと呼び慣されている。

神殿に残された記録をたどれば彼らの名も分かるだろうが、『勇者』と言えばそれだけで通じるため、周囲の者たちも、シアーシャ自身もそれが当たり前だと思っていた。

けれど勇者――今、目の前にいる彼も、一人の人間なのだ。

名前があって当然であり、故郷には家族や友人がいたはずである。それをこの国の都合で勝手に召喚した。無論、彼の都合など一切考慮せず。

勇者にしてみれば、不条理極まりないことだろう。

シアーシャは今まで考えたこともなかった、この国に住まうものとしての視点でしか考えていなかったことが、急に恥ずかしくなって呆然(ぼうぜん)とする。

しかし、シアーシャの沈黙を別の意味に受け取ったらしい勇者が口を開く。

「ああ、そうか。俺、まだ名乗ってなかったっけ。俺はね、須田龍一郎(すだりゅういちろう)って言うんだ」

聞きなれない響きだが、彼のいた世界ではそれが普通なのだろう。せめて、自分だけはきちんと彼の名を呼びたくて、シアーシャはなるべく近いと思える音を探す。

「……す、だりゅー……いっ、ちろー、さま？」

「あー、惜しい、切るとこが違う。ってか、言いにくよなぁ。無理せず龍でいいよ、学生時代もそう呼ばれてたし」

「リュー、さま？」

「くぅっ！　ちょい発音が違うとこがまたっ……うん、それでいい。てか、そう呼んで？」

嬉しげに笑う様子は、髭面なのに妙に子供っぽく見え、シアーシャの胸がどくんと強く脈打った。

それがなぜなのか？　深く追究するのが恐ろしく、慌てて他のことに思考を向けようとして気がつく。

何時の間にやら、自分も勇者——龍一郎と同じく、一糸まとわぬ姿になっている。

「っ！」

どうやら会話の最中も彼の手は止まっておらず、シアーシャも無意識にそれに合わせていたらしい。再び羞恥が押し寄せてきて、彼女は腕を動かして少しでも隠そうとした。だが、それを大きな掌で遮られる。

「きれいだよ。だから隠したりしないでほしいな」

そう言われても、シアーシャは自分の体の貧相さを知っている。

この国の女性にしては長身で、あまり肉付きがよくない。小柄で豊満な女性が好まれるこの国の基準では、外れもいいところだ。

それなのに——

「色が白くて、華奢で……マジで、俺の理想まんまだな」

シアーシャを見る彼の瞳は嬉しげで、だからこそ本心からの言葉だと分かる。

堪能するようにシアーシャを見つめた彼は、再び、ゆっくりと唇を近づけてきた。

「……んっ」

先ほどとは異なり、触れ合った唇はすぐには離れていかない。少しずつ角度を変えながら、何度も口づけられる。

二度目といえども、口づけ自体が初めてであったシアーシャだが、幾度も繰り返されるうちにその感触に慣れて、こわばっていた体の力が少しずつ抜けた。それを見計らったように、龍一郎が尖らせた舌先で彼女の唇をノックする。

引き結んだ唇を開けということだと理解して、シアーシャは躊躇いながらも従う。即座にぬるりとしたものが口中に入り込んできた。

それが龍一郎の舌だと気がつき、驚きで固まる。だが、不思議なことに嫌悪感はない。

「ん、む……んっ」

他人の一部が自分の中にあるというのは、シアーシャにとって実に奇妙な感覚だった。

そもそもが他者との関係が薄い彼女である。嫌悪感こそないが、龍一郎の舌がうごめく度にびくびくと体が震え、うっかりと彼の舌を噛んでしまわないように更に大きく口を開く。それを幸いと、また龍一郎に好き勝手された。

ねっとりと歯列を舌先でなぞられ、くまなく内部を探られる。やがて、奥に縮こまっていた彼女自身のそれにも絡み始めた。すでに、シアーシャの脳の許容量は限界に近い。

「んんっ……ふっ、ううっ！」

息をすることすら忘れていたために、窒息寸前だ。必死に龍一郎の背中を叩いていると、そこでやっと彼もシアーシャの状況に気がつく。

「ご、ごめんっ！　大丈夫？」

ようやく新鮮な空気が肺に流れ込み、彼女はけほこほと咳をする。鼻で呼吸をすればよかったのだと気がつくが、そうなるとまた、自分の鼻息が彼にかかってしまうのではないかと心配になる。まだまだ混乱は収まりそうにない。

息が整うのを見計らい、龍一郎は詫びるように銀色の髪を優しく梳ってくれた。

「ごめんね。がっつかないって言ったのに」

「い、いえ。その……私は、大丈夫ですから」

「そう？　あんまりシアちゃんがかわいくてさ、つい……次はもっとゆっくりするからね」

次もあるのか、とシアーシャは驚き、懇願するように龍一郎を見上げる。

酸欠で頬を上気させ、うっすらと目に涙がたまった状況でのその行動が、更に龍一郎に火をつける結果となることまでは予想できなかった。

「……まじで、俺、自制心の限界試されそうだな」

「え？」

「いや、こっちのこと。それより、ほんとに大丈夫なら……」

そう言いながら、シアーシャの返事を待つこともなく、もう一度、龍一郎が顔を近づけてくる。

唇が重なり、舌を絡ませ合う。

二度目なので、心の準備はできていた。けれど、その他のことについては別の話だ。

龍一郎の手が動き、首筋から肩にかかるラインをなぞりつつ、背中に回る。剥き出しの肌を這う他者の掌の感触に、こらえきれない震えが全身に走った。

そちらにばかり気を取られている隙に、もう片方の手が動き始める。

「っ！　んぅっ！」

シアーシャのやや控えめな胸のふくらみが強く掴まれた。龍一郎にしてみれば軽く力をこめただけなのだが、太い指が柔らかなふくらみに食い込む感触に、シアーシャはびくん、と大きく体を跳ねさせた。龍一郎はそんな彼女の反応を見ても行為を止めることなく、更にゆっくりと確実にそこを刺激し続ける。

口づけの最中に、片手でシアーシャの背をなだめるように撫でながら、その体重を支えるという器用なことをし、更に胸を愛撫した。

シアーシャは混乱しつつも、いくつのことを同時にするのだと、感心する。

もっとも、わずかでもそんなことを考えられるのは、龍一郎がどこまでも優しいおかげだ。

素肌を這う、今日初めて会った男の手。

いくら覚悟をしていても、恐怖や嫌悪を感じて当たり前だ。

それなのに、慣れない行為に戸惑いと驚きがありはしても、負の感情は湧かない。それはきっと、龍一郎がシアーシャを大事に思っているのが分かるからだった。

肉欲が感じられないわけではない。この行為自体が、それの最も顕著な現れなのだから当然の話であるし、龍一郎も隠すことなくそれを口にしている。けれど、それでも――

口づけられてからずっときつく閉じていた瞼をほんの少し持ち上げると、シアーシャの瞳に龍一郎の顔が映る。彼はひどく真剣な目でシアーシャの表情を観察していた。

少しでも彼女が嫌悪をあらわにすれば、すぐに引く用意があるのだと、説明されるまでもなく分かる。

自分の欲を押し殺してでも、彼女に嫌な思いをさせないようにしているのだ。

それを嬉しいと思う。彼が自分を欲してくれているということを含めて。これまでほとんど他者に必要とされたことのないシアーシャにとって、魂が歓喜するに十分だった。

まだ出会ってから半日も経っていないが、すでに自分の心がどうしようもないほどに龍一郎に惹かれていることを認めざるを得ない。

ただ、それでも、まだ己の気持ちを口にするのは躊躇われ、代わりにそっとたくましい背中に自分の腕を回した。

「……シアちゃん?」

それまで受け身に徹していたシアーシャのいきなりの行動に、龍一郎が戸惑ったような声を出す。

それには構わずに更に腕に力をこめると、自分とは全く異なる筋肉質の体が感じられた。

自分から体を密着させるのはひどく恥ずかしかったが、それ以上に龍一郎の温もりを強く感じたいという願いのほうが強い。

「もっと……で、いいんだよね?」

問いかけられ、言葉にするのが恥ずかしく、小さく頷くことで肯定の意を伝える。

龍一郎は嬉しげに笑った。ただそれだけのことなのだが、心臓の鼓動が一段階速くなる。

ゆるり、と男の手が肌の上を這う。

肉付きの薄い鎖骨から、控えめなボリュームの胸、細い腰へ、何度も往復した。

途中、柔らかなタッチで胸のふくらみを刺激する。それに呼応するようにして立ち上がる先端を指の間に挟み込む。敏感なそこをこりこりとこすり合わされると、じんわりとした何かが全身を走り抜け、シアーシャの腰が無意識に揺らぐ。

「やばい、いい香り。それに、すごくやわらかい……」

ひとしきりシアーシャの唇をむさぼった後、龍一郎はひとまず満足した様子で、今度は彼女の胸に顔をうずめた。なめらかな肌に頬ずりする。口づけのときにも感じたが、彼の髭は見た目よりも柔らかいらしく、チクチクするような痛みがない代わりにふわふわとした感触が擽ったい。

「……っ」

「声、出してよ。君の声が聞きたい」

きつく唇をかんで喘ぎを押し殺したのが分かったのだろう。少し伸び上がるようにして、耳元で龍一郎が囁く。

吐息が耳殻を擽り、思わず首をすくめると、その様子に気がついた彼は、尖らせた舌先を耳穴に差し込んだ。

「きゃっ！」

ぬるりとした感触は、口内でのそれよりももっと生々しい。ぎょっとして全身をすくませると、耳元で小さな笑い声がした。

「ごめん、でも、ホントかわいい」

揶揄われているのだろうが、反撃するような余裕はシアーシャにはない。

五感のすべてを刺激されている。鼻腔を擽るたくましい、あるいは猛々しい香りは龍一郎のものだ。何もかもが初めてで、それを受け止めるだけで精いっぱいだった。

そんなシアーシャとは異なり、龍一郎の手は明確な目的を持って動いている。

まっすぐ伸ばされていた細い足の内ももを掌でなぞり、ゆっくりと開かせた。ある程度の空間ができたところで自らの膝をこじ入れると、更にそこを大きく割り開いた。

「あっ……っ！」

細い腰と敷布の間に手を差し入れる。背後から臀部のラインを確かめつつ、指を一本、シアーシャの秘裂に忍ばせた。

知らぬ間にあふれ出していた液体が、ぷちゅん、と小さな水音を響かせる。

「えっ？　あ……？」

「まじ、かわいい。もうこんなにしてくれて」

「わ、私……」

「気持ちいい？　――ああ、大丈夫。言わなくていいよ」

「リ、リュー様っ」

「うん、俺の名前呼んで？　いっぱい感じてくれていいからね？」

指はまだ一本だけだ。それもナカへ侵入させることはせず、ゆっくりと秘裂に沿って上下させている。けれど、そんな柔らかな刺激さえ、初めてのシアーシャにとっては大きすぎた。

ゆるゆるとした指の動きにより、トクリと新たな液体があふれ出すのが自分でも分かる。月のモノが来たのかと慌てるが、特有の錆臭い香りはない。もしかすると、龍一郎の『感じて』というのはこの状態のことなのだろうか。だが、それを問いただす余裕があるはずもない。

「あ、あっ……リュー、さまっ」

やがて頃合いと見たのか、表面をなぞるだけだった指が、ツプンとソコに埋められる。

その名の通りの『処女地』であるが、指一本だけのためか痛みはない。代わりに非常な違和感があったが、それも、ゆるゆるとした抜き差しが始まるとすぐに馴染んだ。

「んっ……」

挿れられている指は、たった一本だ。その動きも決して激しいものではない。

なのに、全身の神経がそこに集中してしまう。

苦しくも痛くもない——それどころか、今まで感じたことのない不思議な感覚が湧き上がる。シアーシャが眉間にしわを寄せると、それをなだめるように優しい口づけが落とされた。

「ごめんね。でも、俺もそろそろ限界」

「リュー様……？」

彼は簡単に詫びの言葉を言いすぎる。この先、勇者として一軍を率いるためにも、それは直してもらわなければ。

そんな現実逃避気味な思考が浮かぶが、それも一瞬でどこかに消え失せた。他でもない龍一郎の行動によって。

「な、何を……えっ？　きゃぁっ！」

一気に体の位置を下に移動させた龍一郎が、クプクプと音を立てつつ彼の指を受け入れていた部分に、躊躇(ためら)うことなく口づけたのだ。

「リュー様っ!?」

男女の営(いとな)みについての知識はあるため、触れられるのはまだ分かる。けれど、シアーシャにとっては不浄なその場所に、唇を寄せるなど信じられない。

「な、なりませんっ！　そのようなところ……ああっ！」

必死になって身をよじり龍一郎から逃れようとするが、大きく開かれた足をがっちりと掴まれているために果たせない。

それでも足掻(あが)いていると、ソコをぺろりとなめ上げられ、こらえきれずに悲鳴を上げた。

「リュー様っ！」

頭が真っ白になるというのは、まさにこのことだ。今までで最大の混乱状態だと言っていい。けれど、龍一郎はそんなシアーシャにはお構いなしに、何度もそこに舌を這(は)わせる。

あふれてくる液体をなめとり、嚥下(えんげ)した。

次に彼が的を定めたのは、秘裂の上にある小さな突起だ。唇全体で覆(おお)うようにしたのち、舌先で薄皮をぺろりと剥(む)く。シアーシャは切羽(せっぱ)詰まったような悲鳴を上げた。

「や、あっ……な、何っ？」

「……気持ちいい？」

「や、だめっ！　しゃべら……ああっ」

つま先から何かが這い上がってきて、がくがくと足が、いや、全身が震える。こんな感覚は生まれてこの方、一度も経験したことがない。

混乱を通り越して恐慌状態に陥りかけるが、逃れようにも龍一郎にがっちりと下半身を捕らえられている状態では、それもままならない。それでも必死に身をよじっていた。

「ああっ！　やっ……何、か……く、ぅっ」

抜き去られていたはずの指がナカに忍び込む。それも、二本になって。

バラバラに動くそれらに柔らかくほどけかけていた内部を掻き回され、刺激で真っ赤に熟れた突起を強く吸い上げられた。

「ひっ！　ああ……っ！」

途端、シアーシャの全身に雷に打たれたような衝撃が走り、薄い腹がひくりと痙攣する。次の瞬間には、シアーシャは脱力して敷布の上に沈み込んでいた。

「あ？　な……今、の……？」

「イケたみたいだね。よかった」

全力疾走をした後のような荒い息をしているシアーシャに、龍一郎が嬉しそうに囁く。

『イケた』とは今の状態のことを指しているらしいが、あまりにも鮮烈な経験にまだ理解が追いつかない。それでも、彼が嬉しそうなのだから、悪いことではないのだろう。

「リュー、様……？」

「この後、痛い思いをさせちゃうからね。その前に、気持ち良くなってもらえてよかったよ」

「痛い……ですか?」

「うん。こればっかりはどうしようもないんだ。ごめんよ?」

「……お謝りになられることはございません。私は、リュー様のものです。どうぞ、ご存分になさってください」

「また、そんな煽(あお)るようなことを……」

天を仰(あお)ぎ、まるで嘆(なげ)くような口調だ。その様子に、何かまずいことを口走ったのかと不安になるが、少ししてシアーシャに戻した彼の視線は、まるで肉食獣のように尖っていた。

「ホント……たまんない。かわいすぎて死にそう。遠慮なく頂きます」

「リュー……ああっ!」

龍一郎の言葉の意味を図(はか)りかねて問いかけようとした言葉は、まだ埋め込まれていたままだった指の動きに阻(はば)まれた。

先ほどまでのことがまるで児戯(じぎ)であったかのように、激しく抜き差しされる。熱が冷めやらぬシアーシャの体に、またしても戦慄(せんりつ)が走り抜けた。

グブグブと、粘着質な液体が混ぜられる音が、龍一郎の掻(か)き回(まわ)すソコから聞こえる。バラバラに動く指は、シアーシャの内部を隅々までなぞり、探った。それがある一点を通過したとき、あの不思議な感覚が強く湧き上がる。

「あんっ!」

それは、シアーシャが初めて上げた嬌声だ。

「ここ、だね」

「あっ！　まっ……あ、あんっ！」

制止の言葉は、言い終わる前に、その感覚によって打ち消されてしまう。

シアーシャが声を上げた箇所を中心に、龍一郎の指が動く。彼は指の腹で押したかと思うと、軽く爪を立ててひっかくようにそこを刺激した。

その度に重苦しい熱がその部分から湧き上がり、シアーシャの全身を侵していく。

それだけでも持て余すというのに、同時進行で口づけられた。顔といわずシアーシャの体全体がほんのりと赤く染まっていく。

「あ、ひあっ……ん、ぅんっ！」

少しでもその熱を逃がそうと、必死になって頭を振るが、そんなことで収まるはずもない。

せっかく整いかけていた呼吸が荒くなる。すがるものを求めて敷布の上をさまよっていた両腕は、龍一郎に導かれてそのたくましい背中に回された。

力任せに抱き着くことしかできないシアーシャに、けれど龍一郎はひどく嬉しそうな顔をする。

そして――

「そろそろ……大丈夫そう、だね」

彼の息も上がっているように思えるのは、シアーシャの気のせいだろうか？

「……あ、んんっ」

様子を窺おうと固く閉じた瞼をわずかに開けるのと同時に、ぬるり、とナカに収められていた指が抜き去られた。その感触に、思わず声を上げる。自らの指を唇に持っていく龍一郎から目が離せない。

「……っ！」

指の間に糸を引く粘着質の液体がどこから生じたのかに気がつき、シアーシャはそれを舌でなめとる彼の正気を疑う。

けれど、最大の衝撃が彼女を襲うのはこの後だ。

ひたり、とナニかが彼女の蜜口に押し当てられる。龍一郎の体に阻まれて視界に収めるのは叶わないが、ソレがナニかはシアーシャにもうすうす察せられた。

男と女の閨事とは、男のモノを女が受け止めること。

知識では分かっていても、指とは全く異なる質感と、奇妙なほどのつるりとした感触に、ぞわりと体中の毛穴が開く。

「痛い、だろうけど……ちょっとだけ我慢して？」

申し訳なさそうな声が上から聞こえる。見上げると、眉の両尻を下げた龍一郎の視線とぶつかった。

言葉にして何か返せればいいのだろうが、とっさには何も浮かばず、結局は彼の背に回された腕に力をこめるだけになる。だが、それがきっと正解だった。

下がっていた眉尻が上がったかと思うと、彼は両腕をシアーシャの下肢にあてがいそこを大きく開かせる。恥ずかしい姿勢に、シアーシャは再びぎゅっと瞼(まぶた)を閉じる。そこに一つ、優しい口づけが落とされた。

何度か腰を軽く振ってあふれる液体をソレにまとわせた後、ぐい、と龍一郎の体が進み、接触していた部分に圧がかかる。

ぬるりと先端が入り込み、そこで侵入を阻(はば)む感触があった。龍一郎は構わず更に体重をかけるようにして、シアーシャの内部へと進んでくる。

「っ！　い……っ」

痛い、というのはこれのことか。指では分からなかった関門のようなものが己の体内にあったことを、シアーシャは初めて知った。

メリメリと音がするのではないかと思うほどの痛み。それをきつく唇をかんで押し殺す。

龍一郎の背中に回した手で無意識のうちに爪を立てていたが、彼がそれを咎(とが)めることはない。無言で、ゆっくりと、断固とした動きで奥を目指している。

途中、何度か小さく前後に動きながら、ぐいっと大きく腰を進められた。直後、シアーシャのナカの何かが切り裂かれたような痛みが走る。

気がつくと、二人の下半身がぴたりと接触していた。

「っ……リ、リュー、さまっ」

龍一郎のソレを根元まで埋め込まれた狭い蜜洞は、みっちりと満たされている。

「痛かったよね？　大丈夫？」

気遣わしげに問いかける彼は、シアーシャの痛みが分かっているらしく、そのまま動かずに待ってくれた。

「は、はい」

切り裂かれた傷口を無理に広げられているような、ずきずきとした痛みは確かにある。けれど、それ以上に、シアーシャの中には不思議な達成感が湧き上がってきた。

それは、明確に言葉にするのは難しく、あえて例えるなら、ずっと放置されていた錠前が、初めて己のために作られた鍵と出会った、そんな不思議な感覚だ。決して開けられることのなかった錠が外れ、錆び付いた扉が軋みつつも開いていく。そんな突拍子もなく、この場にもふさわしくないことを想像する。

それ以外にも不思議なことがあった。

「なん、だ、これ？　なんか、こう……？」

ぴったりと重なり合い、余すところなく密着している。

互いの鼓動さえ感じられる中、龍一郎も何やら戸惑っている様子だ。動きを止め、何度もシアーシャの顔と、つながり合っている部分を見比べている。

「ああ、くそっ。ンなことはどうでもいいっ！」

顔を真っ赤にして何かを振り切るように叫んだ後、彼はぐいっと強く腰を進めた。

「リューさ……はうっ！」

根元までを収められた状態で責められ、シアーシャの最奥部にある柔らかな壁に重たい圧がかかる。その衝撃で、彼女は悲鳴のような声を上げた。

唐突な動きに全身に力が入る。それによりナカにある龍一郎のモノがより鮮明に感じられた。だが、それについて何かを思うよりも早く、今度は抜け落ちるぎりぎりまで引かれる。

ずるりとナカの粘膜ごと引きずり出されるような感覚に、本能的にソコにぎゅっと力を入れると、龍一郎の喉から苦しげなうめき声が上がった。

「ぐっ！　きつっ……っ！」

そして、それがきっかけになったように、激しい抽挿が開始される。

「あっ……ひっ、あ、あんっ！」

今までのシアーシャに対する配慮など、どこかへ消えてしまう。一番奥まで満たされたかと思うと、大きく引かれ、またえぐるように突き入れられた。

圧迫感と解放感。それがシアーシャに交互に襲いかかる。

それだけではなく、敏感な粘膜をこすりたてられる未知の感覚に、彼女はひたすら龍一郎にしがみつき、喘ぐことしかできない。

彼が出入りする度に、何かが下腹部から湧き上がってくる。ずくずくと突かれている奥がうずき、どろりとした液体がひっきりなしにあふれ出した。

「あ、あっ……んっ、あうっ！」

ぐちゅぐちゅと、龍一郎が腰を動かす度に蜜液の泡立つ音がする。それは耳を塞ぎたくなるほど淫猥だ。けれど、必死に龍一郎にしがみつく腕を離せば、自分がどこかに消えてしまいそうな気がして、それもできない。

「あ、あっ、ひっ――っ！」

龍一郎がわずかに体の角度を変える。突き入れられた瞬間、今までとは異なる角度で切っ先がシアーシャのナカをえぐった。先ほど彼女が顕著な反応を示した場所だ。

「ひっ！　やっ……ああっ！」

「ここ、かっ」

膝裏に両手を差し入れられ、それを高く掲げられる。更にはシアーシャの頭の両脇にその膝が付くように、深く折り曲げられた。

高々と腰が浮き、蜜口が天井を向くような姿勢だ。真上からえぐるように龍一郎が腰を使う。

「ひ……ぃっ！」

ずぶずぶとシアーシャのナカを、彼の猛ったモノが出入りする。

まだ生々しい傷口は男の暴挙に痛みを訴え続けているが、それ以外の何かもまた同じようにシアーシャに訴え始めていた。それは、先ほどの経験より格段に弱いものでしかなかったが、それでも同じ種類のものに間違いない。

強くえぐられ、こすりたてられる度に、シアーシャの声に甘いものが交じり始める。

「あっ、あ……ん、ふ……あっ」

じわじわと湧き上がってくる熱に、切ない吐息が漏れた。

上半身を倒し、両肩に彼女の足を担ぎ上げた形で姿勢を固定した龍一郎が、口づけてくる。シアーシャはその首に両腕を回してしがみついた。

「リュ……さ、まっ！　わ、わたし……っ」

「気持ち、いい？」

三度目となる問いかけに、今度は頷きを返す。何度も、首を縦に振るシアーシャに、龍一郎はもう一度軽く口づけると、空いた手を二人の接合部分に伸ばした。

「ひっ！　あっ……それ、だ、めぇっ！」

一度達したことで硬さを失い、放置されて久しかった肉芽は、何時の間にか硬度を取り戻していた。それを彼は薄い皮ごと指で押しつぶし、腰の律動に合わせてこすりたてる。

「やっ！　いっ……ま、た……ああっ」

体を深く折り曲げられ、呼吸が苦しい。

それなのに体の奥から湧き上がる感覚が全身を満たし、このままでは爆発しそうだ。それがひどく恐ろしく、それでいてその衝動に身を任せたくなる。

シアーシャは両腕と、担ぎ上げられている足に力を入れた。より強く龍一郎にしがみつく。

「いいよ、イって？　今度は、俺も――一緒に、気持ち、よく、なろう？」

シアーシャの体の両脇に腕をつき、しっかりと体勢を整えた龍一郎が甘い声で誘惑する。

自分だけではなく、龍一郎も、というその言葉に、シアーシャは閉じていた目を一瞬、開いた。

「リュ……さっ――ああ、あっ！　……く、ぅうっ……っ！」

彼女の全身が瘧にかかったように震える。それは内部も同じで、きつく龍一郎を包み込んでいた粘膜も、細かく震え、吸いつき、搾り取るようにしてうねった。

「っ！　も、限、界……！」

龍一郎の顎が、歯ぎしりの音さえ聞こえてきそうなほど強くかみしめられる。

その食いしばった歯の間からうめき声と切れ切れの言葉が零れ落ちたかと思うと、胎内の最も奥まった部分に熱い何かが叩きつけられる。

そして、それを最後にシアーシャの意識は、深い暗黒に呑み込まれていった。

シアーシャが目覚めたのは、すでに日が昇り切った時刻だった。

彼女の部屋にはないはずの東向きの窓から差し込む光を認識した途端、瞬時に意識が覚醒する。

「っ！」

寝坊した。最初に頭に浮かんだのは、それだ。

巫女の務めは夜明けと共に始まる。

祭壇を汲みたての湧き水で清めた後、朝の祈りを捧げてから祭壇以外の清掃。朝食はその後だ。

もう十年も続けているため、そのサイクルは体に染みついており、寝坊したことなどここに来たばかりのときを除いては記憶にない。

それなのに、と焦った体を起こそうとして、ズキンと全身に走った痛みに動きが止まった。

「えっ？　……あ、私……？」

痛みと、ようやく焦点を結ぶようになった目に映る見覚えのない天井に、寝坊という単語だけに占領されていた頭が、瞬時に冷える。

思い出したのは昨日の出来事――勇者の召還と、その勇者に侶伴として選ばれた自分。そしてその後のあれやこれやだ。

誰かが見ていたら、シアーシャの顔色が青くなり、赤くなりと忙しいのが分かっただろう。

ただ、慌てて見回した室内には、彼女以外の人影は見当たらない。

「……勇者、いえ、リュー様、は？」

思い出した記憶は、このまま上掛けを頭まで引き上げて寝台の上で丸くなってしまいたくなるほどの羞恥を伴っていたが、それよりもはるかに重要なのは勇者――龍一郎の所在だ。

彼女の記憶が正しければ、龍一郎は召喚の間からここに移動したきりであり、他の場所については全くの不案内のはずである。そんな彼を独りで出歩かせるなど、シアーシャの失態以外の何物でもない。

赤くなった顔をもう一度青くして、急いで寝台から下りようとする。

全身――特に下半身に走る痛みはこの際、無視だ。けれど、そうまでして頑張ったというのに、足を床につけそちらに体重を移そうとした途端、へたりとその場に倒れ込んでしまった。

「え？」

改めて足に力を入れようとするが、全く叶わない。俗に言う、腰が抜けた状態である。

その原因に心当たりはありすぎるほどあるが、それでも自責の念と責任感に追い立てられて、床を這って移動しようとした。その途中、自分が生まれたままの姿であったことに気がつき、床に脱ぎ捨て打ち捨てられていた衣に移動先を変更する。掴み上げたそれを頭から被った。

まだ湿っていたが、この際、それは些細なことである。

そんなふうにじたばたとしているうちに、隣り合った浴室から物音がすることにようやく気がつく。

もしや、とそちらに目を向けるのと扉が開くのは、ほぼ同時だった。

「え？　シアちゃ……さんっ！　ど、どうしたっ？」

現れたのは龍一郎だ。

浴室で体を清めていたのだろう、髪が濡れているし、顔は上気している。服は、現れたときの黒っぽいものではなく、神官たちが私室で着るような飾りけのない長い衣を身にまとっていた。おそらくはシアーシャがまだ寝ているうちに、部屋の中を探したのだろう。

そんななりで、シアーシャが床にいるのを見つけた途端、大慌てで駆け寄ってくる。

「リュー様！　……え？」

シアーシャの声に疑問符がついていたのは、龍一郎の容貌が昨夜とは異なっていたせいだ。

目の下に色濃く刻まれていた隈はだいぶ薄くなっている。肌の艶も心なしか戻ってきているように見えた。

だが、一番の相違点は、顔の下半分を覆っていた髭が、きれいさっぱりなくなっていることだ。

「リュー様……ですよ、ね？」

「ああ、俺だ。龍一郎だよ……ああ、髭か。適当に探したら剃刀みたいなのがあったんで剃ったんだ――じゃなくて、どうしたの？　どこか痛いのか？」

髭のない龍一郎は、ずいぶんと若く見える。いや、昨日は髭のせいで年齢よりも上に見えていたということだろう。

少し軽めに感じられていた口調も、今の外見ならばしっくりとくる。そして、それ以上に驚きなのは、髭のなくなった龍一郎は、シアーシャがドキリとするほど整った顔をしているということだ。

「い、いえ。あの……」

確かに痛みはあるが、龍一郎にそれを正直に伝えるのは気恥ずかしい。微妙に言葉を濁していると、彼は何やら勝手に納得したらしく、神妙な顔つきになる。そして、丁寧な手つきでシアーシャを抱き上げて、寝台の上に戻した。

直後――

「本当に……本当に申し訳ありませんでした！」

がばりと床に膝をつき、両手も同じく床についた後、深く頭を下げる。

かつてこの世界に召喚された勇者によりもたらされた知識で、それが「ドゲザ」と呼ばれ、彼らの世界での最上級の謝意の表し方であることをシアーシャは知っていた。

分からないのは、なぜ龍一郎がそうしているか、だ。

「リュー様っ？」

一瞬、唖然とし、すぐに勇者である彼を床にひれ伏させているのは非常にまずいと思い至る。けれど、体の痛みが邪魔をして龍一郎を起こしたくても思うように動けない。

「リュー様っ、お顔をお上げくださいっ！　そのようなこと……」

「完全に夢だと思ってたんですっ！」

ドゲザの姿勢のままに告げられたその言葉で思い出したのは、昨日の彼がしきりに口に出していたことだ。

「……どうかお顔をお上げになってください。リュー様の御事情は承知しております」

とにかく今の姿勢を止めてほしい。そうでなければ、話が頭に入ってこない。

そう重ねてようやく、頭を上げることだけはしてくれたが、床に座った姿勢はそのままだ。

それでも先ほどよりはマシだと思い、シアーシャは龍一郎の話に耳を傾けた。

「言い訳なのは分かってるけど、本当に！　本気でっ！　夢だと思ってました……」

龍一郎——須田龍一郎（三十一歳・独身）は、とあるベンチャー系ＩＴ企業のプログラマーだ。請け負っているのは主にスマートフォンやＰＣ向けのゲームやアプリの開発である。近年の、これらデバイスの著しい普及により社の業績は右肩上がりだが、それはつまり、それらの業務に携わる者たちが非常に多忙になるのと同意義だった。

「最近のスケジュールは、もうブラックもいいとこで。その上、納期寸前のやつにでかいバグが見つかって、その修正に三徹したんだ——したんです。で、それがやっと終わって、四日ぶりに家に帰ろうと終電すれすれの電車に乗り込んだのは覚えてるんだけど……」

電車のシートに座って、目を閉じた気がしないでもない。曖昧なのは、短い仮眠と眠気覚ましの栄養ドリンクで無理やり働かせていた頭が、そろそろ限界に近かったせいだ。

「次に気がついたら、あの真っ白の部屋でした。見たこともない格好の外国人さんたちと、かわいい女子たちを見て、『ああ、こりゃ夢だ』と」

今どきの青年だった龍一郎は、『ライトノベル』と呼ばれる分野の物語を読んだことがあった。更には就職先として希望していた会社のこれまでの仕事を知る過程で、スマホやＰＣゲームを一通りたしなみもした。その手のものは『異世界』を舞台とし、そこへの『転生・転移』をテーマにした作品が多いのはお約束だ。

頭が働いていないのもあって、己の身に起きたことが、これまでの読書経験その他から生じた『夢だ』という結論に至ってしまったらしい。

「……ちゃんと考えたら、匂いもあるし、室温とかの皮膚感覚もあるし、そもそも風呂でおぼれかけたりとか、いくら明晰夢だとか思い込んでても、おかしいと思わないといけないところは山ほどあったはずなんです。でも、なんかもう、思考停止というか、そういう感じになってしまってて……それに、その……」

言いにくそうに、それでもこの期に及んで隠し事はしないと決めてでもいるらしく、彼は先を続ける。

「あんまりにもシアさん、じゃなくて、シアーシャさんが、俺のドストライクで。こんなきれいでかわいくて好みの子なんか、それこそ夢の中でしかお目にかかれないって。でも、夢だからきっともう会えないだろうし、だったらせっかくのチャンスなんだから、と――」

正直なところ、シアーシャには彼の故郷の言葉の意味が分からず、説明の半分も理解できなかった。切れ端を繋ぎ合わせて判明したのが『疲労困憊の状態で召喚された結果、これが夢だと思い込んで暴挙に出た』だ。昨夜の彼の様子からも窺われたことを裏書きされただけでしかない。

昨夜と異なるのは、今の彼が『これ』を現実だと認めている点だろう。

「だけど、朝、目が覚めてもまだ夢の中って、さすがに変じゃないかと思い始めたんだ。それに、いくらリアルな夢でも、夕べのあれやこれやが体とかベッドにまだ残ってるとかありえないだろうって。風呂に入ってたのも、そういうことで……あ、俺一人きれいにするのは申し訳なくて、シアさんの体も拭かせてもらいました。勿論、変な下心とかは抜きで――だから、その……ホントに、本当にすみませんでした！」

龍一郎がもう一度、勢いよく頭を下げる。あまりに勢いが付きすぎて、彼の額と床がぶつかり、痛そうな音を立てた。

「……リュー様。貴方様が詫びられることは何一つございません。いえ、お詫びしなければならないのは、私どものほうです」

「いや、悪いのは俺です！　初めて会った君を、無理やり……その……」

「無理やりではありません」

「だけど……俺がシアーシャさんにしたのは……」

「私は貴方様の侶伴でございます。求められるのは光栄なことです」

――そんな、不毛な言い合いをしばらく続けた後。

「それとも……リュー様は、私をお選びになったことを後悔しておられるのですか？」

「それはない！　いや、シアーシャさんに会えたことはすごく嬉しいけど、でも、まるでチュートリアルの選択肢の中から、好みのキャラを選ぶみたいな真似をしてしまったのが申し訳なくて……」

それに対する龍一郎の返答には、やはりシアーシャには理解できない単語が交ざるが、後悔はしていないという言葉は得ることができた。

「でしたら、どうかもう、それ以上はおっしゃらないでください。リュー様にお選びいただいたこと、私も嬉しく思っております」

「シアーシャさん……」

「どうか、シアと。昨夜のようにお呼びください」

「シアさ……ちゃん？」

「はい。リュー様」

「っ！　シアちゃんっ、かわいいっ」

微笑(ほほえ)んで返事をすると、まだ床に座ったままだった龍一郎が体を震わせる。

彼らしいといっていいのかは分からないが、とにかく元の態度が戻ってきたことにより、シアーシャにとっては全くのお門違いな罪悪感は払拭(ふっしょく)できたようだと判断する。

そのことにほっとするのと同時に、遅ればせながら、ここで話題にすべきなのは別だと思い出す。

とはいえ、その前に――

「リュー様、お腹がお空きではありませんか？」

「あ、うん。実は腹ペコなんだ」

昨日、召喚されてからこちら、食事をしていないのだから当たり前だ。

「すぐに御用意いたしますので、どうか椅子におかけになってお待ちください」

「え？　だけど、シアちゃん、体が辛いんじゃ？」

「大丈夫です」

本来はあまり奨励されることではないが、今は場合が場合である。シアーシャはそう心の中で言い訳をして、精神を集中させる。

「は？」

龍一郎が少々間の抜けた声を出すが、構わず集中を続けているうちに体の周りを淡い光が包んだ。

「……魔法？」

しばらくしてその光が消えると、体の痛みはだいぶ収まっている。

「はい。弱いですが、私は回復魔法を使えます」

「そうか、そうだよな。召喚魔法がある世界だもんなぁ――ってことは、俺も魔法が使えるのかな？」

「これまでの勇者様は皆様、強いお力をふるうことができたと伝えられております。龍一郎様がどのような力をお持ちなのかは、後ほど、確認することになると思います」

が、まずは腹ごしらえが先だ。

改めて龍一郎に断りを入れて、シアーシャは部屋を出た。


シアーシャがまず向かったのは厨房で、そこで二人分の食事を頼む。すでに勇者召喚成功の知らせとともに、彼女が侶伴として選ばれたのも通達済みなのだろう。通常の食事とは異なる時間帯なのに迷惑そうな顔はされず、了承された。

続いて足を向けたのは、自室として使っている巫女の宿舎の一室だ。勿論、着替えるためである。あの部屋には勇者のための用意はあっても、巫女のそれはない。

昨夜のようにびしょぬれではないもののまだ湿って重い衣は、それなりに生地が厚いので透けて肌が見えることはないが、着ていて不快なのに変わりはない。

それと下着だ。先ほどは慌てていたのもあり、上衣だけしか見つからなかった。後で探して回収しなければならない。

シアーシャは手早く着替え、脱いだ衣を部屋の隅にある篭に入れる。

そこで、まだ手水さえ済ませていなかったことに気がついて、厨房に戻る前に共同の水場に寄ることにした。

朝夕は混み合うが、今の時間ならば人は少ない——はずなのだが。

「あら、シアーシャじゃない」

「ミラーカ様……」

彼女に声をかけてきたのは、昨日『あの場』にいた巫女の一人だ。

シアーシャと同じような衣だが、素材はもっと上質で袖口と裾には金糸の縫い取りのあるものを着ている。

ミラーカ・ディ・ルシャール。

この国の筆頭公爵を父に持ち、勇者の侶伴となるべく一時的に神殿に身を置いていた、生粋の貴族令嬢である。

彼女の待遇は一般の巫女とは異なり、シアーシャのような宿舎住まいではなく、神殿の中心部の侍女が待機する控えの間付きの個室が与えられていた。

「昨日はご苦労だったわね。それで、あの勇者様はどうしたの?」

声のかけ方は偶然を装っているが、普通に考えて、こんなところを歩いているはずがない。

まさかとは思うが、シアーシャが部屋に戻ってくるのを待っていたのか?

本人が直々にとは思えないので、お付きの侍女に見張らせていたのかもしれない。

「先ほどお目覚めになられ、今はお食事の用意をさせていただいているところです」

「ずいぶんとお年を召していらしたようだったから、お体がお辛いのかもしれないわね」

昨日の様子を見ればかなりの年配だと勘違いしても無理はないが、龍一郎はまだ三十一だ、とはここでは口にしない。

勇者に関する情報は、廊下での立ち話で漏らしていいようなものではないので、黙って頭を下げるだけでやり過ごす。

「侶伴が決まって、私も家に戻ることになったのだけど、いろいろと世話になった貴女にもう一度会っておきたかったの――ここで出会えてよかったわ。あんな勇者に選ばれてしまって大変でしょうけれど、まぁ、せいぜいがんばりなさいな」

勇者の侶伴がシアーシャに決まったからには、ミラーカを始めとした貴族令嬢たちは神殿を出ていく。その前に自分たちを差し置いて勇者の侶伴に収まったシアーシャに一言、物申したかったらしい。その割には棘が少ないように感じるのは、勇者、つまりは龍一郎の見た目があのようなものだったせいだろう。

「お気遣いありがとうございます」

重ねて深く頭を下げると、それでミラーカは満足したようだ。くるりと踵を返した彼女の後をお仕着せを着た侍女が追う。その姿が廊下の角を曲がり見えなくなったところまで見送ったところで、シアーシャは一つ小さなため息をつく。

元々の候補者たちではなく、付き添いだった自分が侶伴に選ばれた。それをとやかく言われることはこの先も多いだろう。特に、龍一郎が最初の見た目に反して決して年寄りではなく、それどころか容姿もそこそこ、いやそれ以上だと知れわたれば、更に増えるに違いない。

そのことを考えると気が重くなるが、侶伴の座を誰かに明け渡す気は毛頭なかった。

なぜなら、龍一郎が自分を選んでくれたから。

この先、彼が心変わりするなら、そのときは潔く身を引く覚悟はあるが、それまでは身命を賭して彼に仕えようと、改めて心に誓う。

その直後に、時間をかけすぎていたことに気がついて、彼女は慌てて顔を洗い口をゆすいだ。

厨房では二人分の食事が出来上がっているころだ。今の自分の最優先事項は、腹を空かせている龍一郎のところにそれを届けることなのだから。

◇　◇　◇

朝食と昼食を兼ねるような時間帯のためか、用意された食事は午前中にしてはかなりのボリュームがあるものだった。

先に龍一郎にサーブして、シアーシャは自分は後から食べるつもりで準備する。

だが、一人の食事は味気ない、二人のほうがおいしく感じられるとの彼の言葉に、ありがたく相伴にあずかることにした。

「……残すならもらっていいかな？」

「はい、どうぞ。御遠慮なく」

清貧を旨とする神殿の食事は、栄養面には気を配っているものの基本的に質素だ。それに慣れているシアーシャには重すぎるが、腹を減らしていた龍一郎にはちょうどいいか、やや足りない分量だったようだ。

龍一郎が思いがけない健啖を発揮し、食後のお茶も飲み終える。幸いなことに、こちらの食事は彼の口にも合ったらしい。

満足げにため息をつく彼に、今度こそしっかりと『この世界』のことや『勇者召喚』の意味について説明しようとして、シアーシャはまたも腰を折られた。

「その前に、まずはシアちゃんのことが知りたいな。これからずっと俺の横にいてくれるんだし」

そう言われれば、確かにそうではある。龍一郎のことは聞いておいて、自分のことは黙するのでは道理に合わない。

「それは構いませんが……あまり面白い話ではありませんよ？」

「大丈夫。それに、言いたくないことを無理に言わせる気はないから」

「いえ、別に秘密にしていることではありません。神殿内部でも知っている人は知っていますし」

そう前置きして、シアーシャは自らの生い立ちについて口を開いた。


シアーシャ・ドゥ・モンエは、モンエ侯爵家の三女である。ただし、母は侯爵夫人ではなく、彼女に仕えていた侍女だった。

当時、侯爵家にはすでに二男二女が生まれていた。跡取りとそのスペアの男子、婚姻による縁を繋ぐための二人の娘。貴族としては理想的な家族構成だ。

しかし、度重なる出産と経年により、さすがに容色に陰りを見せ始めた夫人のそばにいた若くかわいらしい侍女に侯爵が目をつける。ついでに手も付けてしまった、というありがちな話だ。

その侍女――シアーシャの母は、とある男爵家の娘で、行儀見習いのために侯爵家に奉公していた。奉公の期間が終われば生家に戻り、婚約者と結ばれる予定だったが、侯爵家当主の手が付いてしまったからには当然ながら、その話は流れる。

その侍女は互いに憎からず思い合っていた婚約者と、生木（なまき）を裂くように別れさせられた。それでも第二夫人として迎え入れられたのであれば、まだ救われただろう。

だが、生家の爵位が低いことを理由としてそれは許されず、結局、ただの愛人として侯爵家の片隅に閉じ込められる。二年ほどして、身ごもり女児を産み落としたが、肥立ちが悪く、その娘が五歳になる前に命を落とした。

残された娘――シアーシャは、庶出の三女として侯爵家で育てられはしたが、実際は家族として扱われることはない。十歳のときに回復魔法に適性があると判明したのを幸いに、神殿に預けられたのである。


「……神殿に入ってもう十五年ほどになりますが、侯爵家の方とはそのとき以来、顔を合わせたこともありません。貴族にはよくある話で、神殿の中にも私と似たような境遇の者がおります」

「ってことは、シアちゃんは二十五歳？」

「はい。薹（とう）が立ちきった私のようなものが、おそばに侍（はべ）るのが申し訳なくて……」

「俺の世界では二十五っていったら適齢期のど真ん中だよ。二十歳前に結婚するのが当たり前ってほうが、俺としては驚きだし。それに俺が三十一でシアちゃんが二十五なら、年齢的にもぴったりでしょ」

そう言ってもらえるのはありがたいが、まだ告げなければならないことがある。

「それと、私の魔法は本当に弱く、大きな傷は癒せませんし、体の痛みをとるだけにしてもかなりの集中が必要になります」

「ああ。さっきみたいな？」

「はい。あきれられたでしょう？」

「魔法が使えるだけですごいと思うよ。でも、そっか……大変だったね。辛かったでしょ？」

弱すぎて実践では役に立たない魔法はただの口実で、実際のところは体のいい厄介払いをされたのだ。その証拠に、貴族令嬢であれば当たり前に行われる実家から神殿への寄付は、預けられたときの一回のみ。おかげでシアーシャの扱いは、庶民出身の巫女と変わらず、ほぼ無給の使用人だ。

年ごろになっても、嫁ぎ先の紹介もなかった。

それでも文句も言わずにここで暮らしていたのは、侯爵家での日陰者としての生活より、神殿のほうがまだマシだったからである。

それを龍一郎に労ってもらえるのは嬉しい。思わず涙ぐみそうになり、瞬きをして押しとどめる。

龍一郎はその気配を察したのか、話題を変えてくれた。

「身分制度のある封建社会、か。で、文明は中世ヨーロッパよりもうちょっと進んでる感じかな？産業革命があったようには見えないけど、その代わりに魔法がある、と——十歳で魔法適性が分かるってことは、そのころに何か判定の儀みたいなのがあるのかな？」

「……よくお分かりになりますね」

庶民はいざ知らず、この国の貴族であれば十歳になると魔力の鑑定を受ける。シアーシャは庶子だったが、一応侯爵家に籍があるとして受けさせられた。

「伊達にあれこれ読んだりプレイしてたわけじゃないし、仕事としてその手のゲームのプログラムもやったことがあるからね。それと、召喚されていきなり話しかけられたけど、あれは俺がこっちの言葉を理解してるって前提だよね。まぁ、確かにそうだったんだけど、過去の勇者もそんな感じだったのかな？」

「はい。言葉は勿論、文字も不自由なくお読みになられたと伝わっています」

「なるほどねぇ……都合のいいことばっかだな。だから余計に夢だって思ったんだけど、どうせその辺は『どうして？』って聞いても答えがない系だろうし」

こちらが説明するよりも早く、シアーシャの話や自分の身に起きたことによって状況を判断していく。侮っていたつもりはないが、シアーシャの想像以上に龍一郎は優秀らしい。

更には――

「魔津波、だっけ、俺が召喚された理由。でも、俺が喚ばれるまでに何人？　何十人も勇者を召還したんだよな？　ってことはそれなりの回数を、この国は経験してるってことだ。なのに毎回、馬鹿の一つ覚えみたいに勇者を召還って、この国には自分たちの力でどうにかしようとした人は出てこなかったのかな？」

「それにつきましては、私からはなんとも申し上げられません……昨日、私がお話ししたこと、覚えていらっしゃったのですね」

「うん。元々、俺って一回見聞きしたことは忘れないタイプなんだ。昨日はちょっとボケてたけど、仕事に使えるかな、なんて思いながら聞いてたから、大体のことは覚えてるはずだよ——あ、それと、今のうちに聞いておきたいことがあるんだけど……」

「どのようなことでしょう？」

「召喚された勇者が、元の世界に戻ったっていう記録はある？」

その質問を聞いた途端、シアーシャは息が止まるような思いがした。けれど、正直に答えるしか選択肢はない。

「私の、知る限りでは……そのような話は伝わっておりません」

「……やっぱりそうか。まぁ、覚悟はしてたんだけどね」

一拍置いて戻ってきた声は、少なくとも表面上は平静だった。

「申し訳ありません」

「シアちゃんが謝ることじゃないよ。戻れないのは、こういう展開のお約束って感じだしね。俺には家族もいないし、ペットも飼ってない。しかも仕事は一段落ついたところだしで、いいタイミングではあったかな」

「リュー様……」

「一応説明しておくと、俺が高校生のころ——ええと、十七のときかな。両親そろって事故でね。俺は一人っ子で兄弟もいなくてさ。幸いなことに父方の祖父母が健在だったからそっちを保護者にして、大学の進学費用は保険金と事故の賠償金で賄（まかな）った。だから大した苦労はしていないし、そもそも十何年も前の話だ。とっくに気持ちの整理はついてる。何よりそろそろ今の環境を変えたくなってたのもあって、ホントにいいタイミングだったよ」

そう言って笑う龍一郎に、シアーシャはかける言葉を見つけられない。

「何より、シアちゃんに逢えたし――一目ぼれなんて信じてなかったけど、ほんとにあるものなんだなぁ」

それが彼女へのリップサービスだったとしても。

伴侶として選ばれた義務だけではなく、自分自身にできる最大限で龍一郎を支えよう。

シアーシャは改めて固く誓う。

「私も……先ほども申し上げましたが、リュー様にお選びいただき幸運だと思っております。どうか、なんなりとお申し付けください」

「うん、ありがとう」

嬉しげな笑みを浮かべる龍一郎に、彼女も努力して笑顔を返す。

上手にできているのか今一つ自信はなかったが「……やっぱりシアちゃん、かわいいっ！」と言ってもらえたので、上出来の部類だったのだろう。

その後の会話は、主にこの国、世界の情報と、この後、龍一郎に求められている役割についてとなる。とはいえ、驚異的な龍一郎の記憶力により昨夜の説明を繰り返す必要はなく、そこから彼が疑問に思ったことに答える形になった。

「まず気になるのが、魔津波をしのいだ後の勇者の処遇かな――ごめんよ、自分のことを先にしちゃって」

「いえ、当然だと思います。これまでの慣例では、王家より爵位と領地を与えられることになっております」

「爵位かぁ。俺のいた国は身分制度ってのがないんで、ちょっとピンとこないなぁ——ちなみに、その爵位って何？」

「先代の勇者様は、侯爵位を授けられました。そのお子様の代で伯爵となり、今も国の南方の領地を治めておられます」

「確か公・侯・伯・子・男だっけ？　上から二番目なら結構いいってことだよね。子孫の代までちゃんと領地が残ってるってことは、そのための指南役とかもついてくるんだろうな。んで、子供ができたってことは、ここの人たちとの生殖も可能、と」

シアーシャが詳しい説明をするまでもなく、次々と理解していく。

それは決して悪いことではないのだが、召喚された勇者に様々な知識を与えるのも侶伴の務めであり、そのための講義に、付き添いとしてではあるが参加していたシアーシャとしては、違和感を覚えずにはいられなかった。

「リュー様は、本当によくお分かりになりますね」

「ん？」

「私たちが教えられていた歴代の勇者様とはかなり違うように思えます」

この世界のことを何も知らない赤子だと思え、と。講義をしていた神官は、事あるごとに口が酸っぱくなるほど繰り返していた。その赤子を『勇者』に育て上げ、魔津波を迎え撃ってもらうために侶伴がいるのだと。

「んー……もしかして、これもテンプレってやつかな？　その歴代の勇者って、何歳くらいだったのか知ってる？」

「おおよそ十五歳から十八歳までのお年ごろが多かった、と聞いております」

「中高生かぁ……それを三十路を超えてる俺と一緒にされてもなぁ」

――そんな年ごろの男の子たちが、勇者様っておだてあげられて、かわいい彼女まであてがわれりゃ、そりゃ頑張るだろうよ。

そう呟いた龍一郎の声は、小さすぎてシアーシャの耳にまでは届かない。

「なるほど、大体のことは把握した――って、勇者召喚についてだけだけどね。次に気になるのは、やっぱり『魔法』かな。俺たちの世界にはなかったから、正直、すごく興味がある」

更にそのすぐ後に話題が移ったため、一瞬、龍一郎の瞳に不穏な光が宿ったことにシアーシャは気がつかなかった。

「魔法につきましては、私がお教えできるのは基本知識のみになります。実践的なものにつきましては、別の者がお教えいたします」

「んじゃ、まずはその基本を教えてもらおうかな」

「はい。基本となる属性は光・火・水・風・土の五つです」

「光があるのに闇はないんだ？」

「闇は光と同じものであるとされています」

「光あるところに影あり、影あるところに光って感じか。どっかの特撮かアニメみたいだな」

「リュー様は時々、不思議なことをおっしゃいますね。歴代の勇者様も同じだと伝えられておりますが……」

「ああ、これは俺の国の文化だからな。そのうち、シアちゃんにも説明するよ」

「はい。楽しみにしております」

龍一郎が召喚されてまだ一日にもならないが、少なくともシアーシャとの関係は良好といえる。

そのことに内心、安堵のため息をつきながら、シアーシャは次々に投げかけられる龍一郎の疑問に一つずつ丁寧に答えていった。

第二章

こちらの世界の暦は、地球とほぼ同じだ。これはこの国がある場所のせいもあるだろうが、四季があり、一年が三百六十日。三十日で一月。一月を六つに分けて、各々の日に光・火・水・風・土をつけて呼ぶ。

あまりにもできすぎた一致に、龍一郎はひそかにここがどこかのラノベかゲームの世界を具現化したものではないかと疑いもしたが、思い当たるものもなく単なる憶測にとどまっている。

さて、そんな中、召喚されて数日は、シアーシャと龍一郎はほとんど自室で過ごしていた。彼に合わせた衣類の調達、彼の教育のための各所への調整その他の準備が整うのを待つためだが、龍一郎にしてみれば迂遠極まる、というのがその感想である。

「準備期間は山ほどあっただろうに、今更、服を一から作るとかありえなさすぎるし、俺のための教師なんだからあっちが待つならともかく、俺を待たせるのは違わないか？　その分、シアちゃんとゆっくりできるのはありがたいけどさ」

これに関して、神殿内部の事情を知っているシアーシャは苦笑いするしかない。

衣類については、ちゃんと過去の勇者の平均値を割り出し、それに多少の余裕をつけたものが用意されていたのだが、龍一郎の背丈や身幅がそれらとはかけ離れていたのが理由である。大きいものを詰めるのは容易いが、反対は困難を極めるため、それなら一から作り直したほうがマシということになった。

教師役は、やはり過去の（以下略）で選定されていたためだ。年若い勇者に威圧感を与えないよう、比較的年齢の低い者をあてがう予定が、やってきたのが龍一郎である。自分より若輩に教えを請わせるのは失礼になるだろうと、勝手に神殿上層部が気をまわし、選び直そうとしたところ、前回チャンスを逃した希望者が殺到して、調整に時間がかかっていた。

「リュー様は御自分の故郷でとてもお忙しかったのですから、少しでもゆっくりお過ごしになられてよかったではありませんか」

召喚される直前まで、龍一郎は三日間寝る間もなく働いていたという。

そのようなことは、この国の最下層の庶民でもありえない。どれほどひどい境遇にいたのかとシアーシャが心を痛める様子に、龍一郎は言い訳をするように告げる。

「俺の業界だと、稀によくある話なんだよね」

滅多にないことが頻発する——余計に意味が分からず、シアーシャが首を傾げた。

「まぁ、俺も職場から離れて、やっと異常性に気がついた……現場にいると、感覚がマヒするって言うか、納期が最優先で他のことは全部後回しにしちゃうんだよなぁ」

「でも、お食事もろくに取れなかったとか……リュー様がお体を壊さなくて、本当によかったです」

常に近くに寄り添い、数えきれないほど言葉を交わし、シアーシャの龍一郎に対する態度もかなり砕けたものになってきている。

尚、『常に』というのは比喩でない。召喚から三日目には、龍一郎の希望によりシアーシャは宿舎の自室を引き払い、今は彼と同じこの部屋で寝起きするようになっていた。

歴代の勇者が使用していたという豪華な部屋には、侶伴となった巫女が過ごすのに不自由ない個室も付随している。無個性で狭い自室とは全く違う高位貴族令嬢が使うにふさわしい部屋に、最初、シアーシャはしり込みをした。

「シアちゃんだって侯爵家の御令嬢でしょ？　それに毎日、遠くから通うのは大変だろうし、何より俺が心配だし」

そんな龍一郎の言葉を拒み切れず、現在に至る。

確かに神殿の最奥部にある勇者の部屋と、外縁に近い場所にある一般巫女の宿舎は、同じ敷地内とはいえかなりの距離がある。それが当たり前だと思っていたシアーシャだが、そこまで龍一郎が言ってくれるのに加えて『俺が心配』という言葉に含みを感じたせいもあった。

――龍一郎に話したことはないし、態度に出した覚えもないが、彼が召喚され侶伴に選ばれて以来、シアーシャは同輩たちから嫌がらせを受けていた。通達事項が自分にだけ伝えられていなかったり、当番のものがまとめて行う洗濯から自分の衣類だけが残されていたり、廊下を歩いているときにわざとぶつかられたり足を引っかけられたり、大げさに騒ぎ立てるほどのことではないが、それも回数が重なれば負担になる。

けれど、それを隠しているのは、そうされる理由が分かっていたからだ。

つい昨日まで、自分たちと同じかそれ以下の普通の巫女(みこ)であったシアーシャが、栄えある侶伴に選ばれた。それに伴(ともな)い、日々のお勤め――早朝から起きだしての掃除、礼拝、その他の様々な雑務から解放され、日がな一日、特別室にいる勇者のそばにいることを許される。

侶伴であれば当たり前の話だが、そうなるのは自分たちとは違うもっと高貴な御令嬢のはずだった。自分たち以下の巫女(みこ)であり、あんな痩(や)せぎすで、年齢も高く、女性としての魅力に欠けるシアーシャが選ばれたのは、きっと何かの間違いに違いない、と。

これまで同じ待遇だったシアーシャが特別扱いされているのがよほど気に食わないのだろう。

そこに拍車をかけたのが、龍一郎の容姿である。

召喚された当初は三徹明けで着衣(スーツ)はよれよれ、髪はぼさぼさ、目の下の濃い隈(くま)に無精髭(ぶしょうひげ)と、どこから見ても立派な『くたびれた中年』だった彼だが、十分な睡眠と休養を取り髭(ひげ)を剃(そ)っただけで、まるで見違えるようになった。

これまでの勇者は小柄で、成長してもこの国の男性の平均身長まで届かないことが多かったらしいが、龍一郎は平均よりもやや高い身長で、身幅もそれなりにがっちりしている。これについてシアーシャは、龍一郎から『学生時代は総合格闘技研究会にいたし、就職してからもデスクワークばっかりだと体がなまるから、空いた時間でジムに通っていた』との説明を受けたが、やはりいくつかの単語の意味が分からなかった。

そして、何よりもその顔である。

世界の違いによるものか、彫りはそこまで深くはないものの、スッと伸びた形のよい鼻梁に、まつげが長く切れ長の目。唇はやや小さめでバランスが悪く感じられるが、やや小さめの頭部に収まったことで不思議な魅力を醸し出している。

加えて、この国では滅多に見られない見事な漆黒の髪と、ほとんど黒に見える濃茶の瞳は、男女を問わず視線を惹きつけてやまない。

彼の変身は、召喚翌日の夜に掃除のために部屋に入った巫女から、あっという間に神殿中に広まった。

そんな龍一郎が、並み居る高位貴族令嬢の巫女たちを差し置いて、選んだのがシアーシャだ。

彼女でいいのなら、もしその場に立ち会うことができていれば、選ばれていたのは自分だったかもしれない、と考えても仕方がない。荒唐無稽とも思える考えだが、龍一郎がシアーシャ以外の者をそばに寄せ付けたがらないことも、彼女たちの苛立ちを強くさせる要因になっていた。

掃除や食事の上げ下げ以外は自室に立ち入ることを禁じられ、あわよくば勇者の目に留まる……という希望もない。

それでも子供じみた嫌がらせの範囲で収まっているのは、まだ『侶伴』という地位に遠慮があるせいだろう。

そんなことを、告げられるわけがないのだが——どうやら龍一郎には見透かされていたようだ。

「誰かに嫌なことを言われたりされたりしたら、どんな小さなことでもいいから教えてほしい。俺から抗議を入れる。俺には、それなりの発言力があるみたいだしね」

「リュー様は勇者でいらっしゃいますから。でも、そんな大げさにしていただくほどのことはありません」

侮られ、下に見られることにシアーシャは慣れている。それは生まれ育った環境からくるものであり、悲しいと思いはしても、仕方がないことだとあきらめていた。

そんな習慣は龍一郎の侶伴となっても変わらない。いや、数日過ごしただけで、変われるはずがなかった。

「気にしなければよいだけのことです。それよりも私などのために、リュー様のお心を煩わせてしまったことが申し訳なく……」

「はい、ダメ！　その自己否定は完全撤去、って言ったでしょ？」

けれど、少しずつ変わり始めてはいた。変わらざるを得なくなっているのかもしれない。

「今までは環境のせいでそうならざるを得なかったとしても。今のシアちゃんは俺の侶伴だ。自分で言うのもアレだけど、俺は替えの利かない唯一の勇者様だよ？　この国の救世主だ。その俺の隣にいる君は、もっと尊重されていい。他人にも、何よりも自分自身にもね」

龍一郎の自身に対する評価は正当だとしても、それを自分にまで適用するのはシアーシャには抵抗がある。けれど、そうまで言ってくれる彼に応えるために、なんらかの努力はすべきだろう。

「まぁ、ずっとそうしてたんだから、急に変われって言うのは無理があるのも分かるけど。でも、ちょっとずつでもそうなってくれたら俺も嬉しい」

過去の勇者がどのような人となりであったかは、シアーシャは知らない。

しかし、ここにいる今代の勇者が龍一郎であり、その彼に選ばれたのが自分であることに、まだ見ぬ神へ感謝した。

「ありがとうございます、リュー様」

「うん。謝られるより、お礼を言われるほうがずっといい」

そう言って笑うと、龍一郎がシアーシャを手招きする。

その意味を悟り、彼女は少し赤面しながらも素直に従うと、案の定、抱き寄せて口づけられた。

「……もう悲鳴は上げないんだ？」

「さすがに少しは慣れました」

初対面の日の夜に最後まで致してしまったのと、この部屋にいる限りは他人の目がないということで、龍一郎はシアーシャへの溺愛を隠さない。

こうした触れ合いもこの数日で何度も繰り返されたことである。顔が赤くなるのは止められないが、これに関してはきっと何時までたってもこのままだろう。

「俺にキスされて悲鳴を上げるシアちゃんもかわいかったけど、俺に慣れてくれたって言うならそっちのほうがいいな」

そのまま肩を抱かれ、部屋にある豪華なソファに二人で座る。

他者の温もりというものをほとんど知らないシアーシャは、自分以外の人の体温がこれほど心をやすらかにしてくれるのだということを龍一郎から学んでいた。

そんなふうに穏やかに過ごしていた日々にも、否応なく変化が訪れる。

「服もできてきたってことで、やっと部屋から出られるようになったのはいいんだけど――」

召喚から五日目になって、ようやく龍一郎のためのきちんとした衣服が完成した。ちなみにだが、これまで下着についてはなんとか流用できそうなものを使用し、上は神官用の衣を着用していた。

彼のために用意された服は黒を基調としていて、襟を大きく開けることの多いこの国のデザインとは異なり、首元が詰まった一風変わったものである。

更に、肩口や胸元、それに袖口などにいくつもの宝石のような飾りがつけられており、『学生服をごてごてと飾り付けた感じ』とは、それを最初に見た龍一郎の感想だった。

「でも、とてもお似合いです、リュー様」

「俺としては、この年になって学生服もどきって辛いんだけどね。それにジャラジャラと飾りがついてて鬱陶しいし……これ、とったらダメかな」

疑問形で言いながらも、龍一郎の手はさっさと飾りの一つに伸びている。それを見たシアーシャは全力で止める羽目になった。

「ダメですっ、リュー様！　それは護符ですっ」

「……は？」

どうやら龍一郎の世界には、魔法だけではなく、護符もないらしい。

「申し訳ありません、説明が漏れていました――それは魔物が落とす『核』に防御魔法を付与したもので、毒や混乱、催眠、石化などを防ぐためのものです。魔津波にはそれらを使う魔物も多いと聞いておりますので、その対策用でしょう」

「つまり、これはただの服じゃなくて、俺用の装備ってことか」

「はい。リュー様のご着衣にはすべて、そのような護符がつけられているはずです」

「なるほど……に、しても多くないか、これ？」

「護符の効果は一個につき一つですので、どうしても数は増えるかと」

「……分かった。けど、まだ前線に出るわけじゃないんだから、ここまでジャラジャラさせなくてもいいだろう？　鬱陶しいんで、勝手にとるとまずいなら、普段着だけでも数を減らしてほしいな」

護符は高価なものであり、貴族はそれをいくつつけているかで己の富を誇示する。それを『鬱陶しい』の一言で切り捨てられては、用意した者も浮かばれまい。

だが、龍一郎の型破りは、これだけではなかった。

「――ま、まさか全属性っ？　しかも、この数値はっ！」

まず行われたのは、彼の魔法適性と魔力の鑑定だ。

神殿の一室に据え置かれた透明な水晶玉は、シアーシャにも見覚えのある魔法鑑定具である。その上に手を置くことで適性が分かる。

かつて彼女が行ったときには、水晶が淡く白く光り、それで光属性を持つと判明した。

龍一郎が同じことをすると、水晶の中に様々な光が乱舞したばかりでなく、眩いばかりの光を放つ。

「ありえない……」

鑑定の結果に、担当の神官が青い顔をしているが、龍一郎はどこ吹く風だ。

「……なんか知らないけど、これって俺にも魔法が使えるってことだよな？」

「使えるどころじゃありませんっ！　過去の勇者様と比べて遜色がないどころか、はるかに高い数値ですっ」

「ってことは、魔法が使い放題？　やったね！」

年甲斐もなくはしゃいだ様子の彼は、それがどれほど稀有なことなのか、分かっていないようだ。

また、最低限の護身のためにと、体術の訓練に赴いたときも――

「では、勇者様。まずは私と戦ってください」

体術の教師として引き合わされた、大変に体格のいい男性がそう言うと、龍一郎が眉を顰める。

「は？　いきなり戦え？　あんた、俺の教師だよな？　だったら普通は柔軟とか、受け身とかから始めないか？」

「勇者様は『戦う』といった行為をなさったことがありませんでしょう？　ですので、まずはその体験をしていただくことから始めたいのです」

「なんだよ、そりゃ。どういう理屈だ」

「恐ろしいなら恐ろしい、と素直に認めてくだされば、私も考えはいたしますよ？」

わずかに嘲笑らしきものが交じる声に、教師の魂胆が透けて見える。

龍一郎は勇者ではあるが、まだ召喚されたばかりだ。碌な訓練も受けていないはずであり、普通に考えて彼に勝ち目があるとは思えない。

それなのにこのようなことを言い出すのは、龍一郎に対して優位に立とうとするのと同時に、『あの勇者に勝った』という自尊心を満たしたいというあさましい考えなのだろう。

「……ンな姑息なことしなくても、普通に教えを乞うつもりでいたんだけどな」

「降参する勇気もありませんか？　でしたら、こちらから行きますが？」

「気が変わった。全力で行く」

そんなやり取りを傍らで見ていたシアーシャは気が気ではなかった。

侶伴は訓練中の勇者に付き従うだけで発言は許されていないのだが、この場はその禁を破ってでも止めなければならない。そう決心して、口を開こうとしたときだ。

ずどん、と。石畳に肉体を叩きつけられる鈍い音が響く。

「……え？」

荒事にはとことん無縁で生きてきたシアーシャには、何がどうなったのか全く分からなかった。

教師役の男が龍一郎に向かって肉薄してきたところまでは見えていたのだが、それに対して彼が何やら手を動かしたかと思うと、まるで自分から床に突進するようにして男が倒れたのである。

「う、ぐ……」

「偉そうな口を利いてて、これかよ」

よほど勢いがついていたのだろう、倒れた男はうめくばかりで立ち上がれずにいた。

「リュー様っ、御無事ですかっ？」

「ああ、シアちゃん。俺は大丈夫。伊達に総技研にいたわけじゃないし、中学までは合気道の道場にも通っててね。こういう腕力だけの野郎を相手にするのはなんてことないよ——ってことで、これで体術の訓練は終了だ。俺より弱い相手に学ぶことなんて何もないだろう？」

それとこれとは違う気がするが、現実として教師役の男は打ちどころが悪かったのか床に倒れたままうめくばかりだ。完全に神殿の人選の誤りである。

そんな龍一郎の言葉に、神殿関係者は青くなり、次はもっとちゃんとした者をつけると言いはしたのだが……

「だったらなんで最初からその『ちゃんとした』のを持ってこない？　受け身もとれないような奴をよこしておいて、次って言われても信用できないんで、この話は終了ね……あ、そうだ。シアちゃんにもそのうち、受け身と簡単な護身術を教えるよ。ずっと俺と一緒にいるなら、万が一ってことがあるかもしれないし。勿論、俺がちゃんと守るけど、ホントに万が一のときのためにね」

「……ありがとうございます、リュー様」

教えを乞うはずの龍一郎に、なぜか教えられる羽目になる。

ついでに、それはシアーシャだけではなく、のちに騎士団にも拡大されるというおまけがつくのだが、それに関しては次の出来事も大いに関係していた。

　龍一郎が剣術の講義を受けたときのことだ。

「お初にお目にかかります、勇者殿。私は神殿より勇者殿の剣の指南をおおせつかりましたゴドーと申します」

「初めまして。私が勇者として召喚された者です。本来なら私も名乗るべきでしょうが、こちらの方には発音が難しいようですので、そのまま勇者と呼んでください。こちらこそよろしく——と言いたいところですが、私は剣は学びません」

　彼がシアーシャと出向いた先では、立派な甲冑（かっちゅう）を身に着けた騎士が待ち受けていた。

　薄い茶の髪と水色の瞳、見るからに筋骨隆々（きんこつりゅうりゅう）たる体格の彼がそこに立っているだけで、シアーシャは圧迫感を覚える。

　その彼を見た途端の龍一郎のセリフがそれだ。

「……勇者殿。それは、どのような意図でおっしゃっておられるのか、お聞きしてもよろしいですか？」

　体術での一件はすでに耳に入っているのだろう。初対面での言葉がそれであるにもかかわらず、ゴドーと名乗った騎士は礼儀正しい口調で問う。

　そういえば、体術の教師は名乗ることさえしなかった、と遅まきながらに思い出すシアーシャだった。

「それは貴方を見たからです。その甲冑にその剣。そんな重たいものを身に着けて、貴方は自在に戦えるんでしょう？　だけど、おそらく今の私ではそれを着ただけでろくに動けなくなる。剣だって、私がいたところのものとは全く形が違う。それを一から鍛えていたら、それなりに形にできるまで一体どのくらいの時間がかかりますか？」

「……通常であれば、短くて半年、というところでしょうか？　ですが、歴代の勇者様は、皆様もっと短期間で成し遂げられていたと伺っております」

「なるほど。ですが、それもつきっきりで鍛えてもらって、のことですよね？　しかも、私自身も死にものぐるいで――私の魔力の判定結果はご存じですか？　私としては与えられた準備期間で、そちらに重点を置きたいと考えています。そんな状態では、教えてくださる貴方にも、ましてや剣に対して失礼になる。ならば、もし剣が必要な状況になったときには、潔く貴方たちにすべてを任せる。そうしたほうがいいと考えた次第です」

　これほど丁寧な口調で龍一郎が話すのを、シアーシャは初めて見た。一人称も『俺』から『私』になっている。

　だが、そのことを知らない騎士は、龍一郎の言葉を聞いてしばらく考え込み、やがて再び口を開いた。

「勇者様のお考え、ひとまず、納得いたしました。ですが、直接的に剣を学ばずとも、今後のことを考慮するのであれば、体を鍛えることは必要かと存じます」

「それについては、私も同感です。ですので、体力づくりという形で御指南いただければありがたいと思います」

「了承いたしました」

そんなやり取りがあり、午後の一刻（龍一郎の感覚で言えば約二時間）を体力づくりの鍛錬に充てる、ということで話がついた。その間、シアーシャは驚きに目を見張りっぱなしだ。

剣を学ばない、というだけで驚きなのに、それに命を懸けているだろう騎士をあっという間に懐柔した手腕は驚嘆に値する。

しかも――

「一日二時間なら、ジムに通ってるって思えばいいからね。おまけに無料だし。うちの会社は小さくて、俺が営業に行ったこともあるんだ。交渉で肝心なのは、相手を尊重しつつも、こっちの条件はきちんと主張するってこと――って言うか、こっちは三十路を過ぎてるんだぞ。元気で体力のあり余ってる男子高校生と一緒にするな、って話だよ」

最後の一言で台なしだが、それにしても龍一郎という男は、一体どれだけの引き出しを持っているのか。

年齢だけは六歳差と比較的近いが、生家の侯爵家と神殿の暮らししか知らないシアーシャにとっては、驚きの連続の日々だ。

それらの出来事を経て、龍一郎は晴れて魔法に専念できるようになった。

だが、最大級の驚きというかやらかしは、その魔法の講義で起きたのである。

「せっかく魔法が使えるって楽しみにしてたのに、座学の基本の理論と、魔力操作の反復練習をくどいまでに叩き込まれてばっかりで……いや、理論は後から応用で使えるだろうし、基礎訓練の大事さは分かっちゃいるんだけど」

「魔力の扱いは一つ間違えば大変なことになります。リュー様は特に魔力が高いのですし」

何も知らず何も教えられず、いきなり最前線に放り込まれるよりはマシだが、替えの利かない勇者を大事にするあまりか、念には念を入れすぎていると龍一郎は感じているようだ。待ちに待った魔法の訓練であり、期待値も高かった故の愚痴だろう。

ならば、それをなだめるのもシアーシャの役目である。

「ですが、最初は魔力を感知することすらできなかったのに、今では自在に操れているではありませんか。やはりリュー様は才能がおありなのですね」

「シアちゃんがいろいろ教えてくれたおかげだよ」

魔法が存在すらしなかった世界から来た龍一郎は、こちらでは魔力持ちであれば幼児でもできる魔力の感知ができなかった。

『今までなかったしっぽが急に生えてきて、それを振ってみろって言われてるようなもんだよ』

そう言って悩む龍一郎に、回復魔法を何度も施すことで体に感覚として教え込み、感知できるようにしたのはシアーシャのお手柄だ。

これまで弱みらしい弱みを見せたことがない龍一郎の最初の挫折に、ひそかに奮い立ち全力で協力した末の成果である。ただし、何も不調がないところへの回復魔法で、妙に力が漲りまくり、その日の夜は大変なことになったのは二人だけの秘密だ。

そんな（いろいろな意味で）秘密の特訓を繰り返した結果、無事合格をもらえ、晴れて実技に移ることができたのだが……そのときの出来事がものすごかった。

初めて魔法を使う龍一郎のためにと、建物を出て向かったのは神殿の護衛兵が訓練をする広場である。ぐるりと周囲を石造りの壁で囲まれた構造をしていて、ここでならば多少の事故にも対応できるというのがその理由だ。

その広場の中心にいるのは龍一郎と、彼に寄り添うシアーシャ。そして、龍一郎に魔法の講義を行っている神官の三人である。

神官の年齢は四十を少し過ぎたくらいで、中肉中背。灰色の髪と赤紫の瞳をして、顔もどことって特徴のない、言い方は悪いがどこにでもいるような中年男性だ。そんな彼が勇者の教師として抜擢されたのは、魔法に対する造詣の深さ故だ。

ただし、あまりにも本人に知識がありすぎるためか、教える相手にも自分と同等のレベルを求めがちなのが玉に瑕で、龍一郎に対して彼が音を上げる寸前まで魔法理論を叩き込んだことからもそれが窺えた。

「それでは、本日は実際に魔法を発動させてみることにしましょう。属性はなんでも構いませんので、魔力をあの的に向かい放出してみてください」

中心に陣取った龍一郎たちから少し離れたところには、木でできた標的が据えられている。

「何度も言いましたが、魔力の解放で重要なのは想定力です。自分がどの属性を使い、どれほどの威力で、どのような結果を求めるのか。己の想定した魔法を放ち、それを繰り返すことによって精度を上げていくのです」

耳にタコができるほど聞いた内容だが、本番ということでさすがの龍一郎も素直に耳を傾けていた。自分と的との距離を測り、何度も手を握ったり開いたりを繰り返す。そして、大きく一つ息を吸い込んだ後。

「行く」

人差し指と中指を伸ばし、他の指を握り込んだ形にした右手を高く掲げ、それを的を目がけて勢いよく振り下ろした。二本の指先から白い炎が球体となって飛んでいく。

狙いは過たず、球は的に命中し――それを通り越して、背後にある壁に到達した。

「……は？　え？」

「……しまった、加減を間違えた」

講師の神官が間の抜けた声を出すのと、龍一郎が小さな声で呟いたのはほぼ同時だ。見学していたシアーシャに至っては、声も出ない。

先ほどまでしっかりとそこに存在していた的――丸太を立ててそこに木の板を貼り付けた簡素なものが、地面からはえているわずかな部分を残して、きれいさっぱり消失していた。焼けこげた残骸はおろか、灰すら残っていない。しかも、背後の石壁には小さな穴が開き、その周囲が真っ赤に灼けたただれている。

「い……今の、は……？」

「すみません、やりすぎました。それと、あれはファイアーボール——火球の魔法を使いました」

「は？　火……球？　いや、ですが、あの威力は……え？」

火球といえば、初歩の初歩の魔法だ。なのにあの威力では、神官が納得するはずがない。

「えーと……説明すると、的を火で燃やしたり爆散させたりするより、球が当たったところだけが燃えて貫通するほうが、なんというか、その……カッコいい気がしまして。そのためにはできるだけ火球の温度を上げたほうがいいと思い、炎の色を白にイメージして、直径も小さめにして……で、そこそこの魔力をこめて投げつけたら、ああなりました」

珍しく本気で反省しているのか、何時もよりも龍一郎の言葉遣いが丁寧になっている。内容がとんでもないのは変わらないが。

「……カッコいい、と思った？　炎、の色？　そこそこ、の魔力？」

単語で区切り、切れ切れに龍一郎の言葉を繰り返す神官の顔色は、青を通り越して白くさえ見える。ギギギ……と軋む音が聞こえてくるようなぎこちない動作で、何度も龍一郎と壁に開いた穴を交互に見比べた後——

絶叫した。

「どういうことですかぁぁぁっ！」

いや、だから今説明したし……とは、龍一郎は口には出さない。拳を握り締め、何かの衝動に耐えるように震えている神官に向かって、反省の面もちのまま再度口を開く。

「つまり、炎の色——色温度ってのは赤より白、白より青って感じで高温になるだろ……なりますよね？　で、赤だと大体千五百度くらいで、白なら六千五百度。青は一万度だけど、さすがにそこまで行くと具体的にその温度をイメージするのが難しいんで、中間をとって白。というか、つい『白い炎とかかっけぇ』って思ってしまいました、すみません」

「炎の色で、温度が変わる……いや、強制的に変化させる……？　そんなことができる？」

神官は龍一郎の説明を理解しているのか、していないのか。ぶつぶつと呟いているが、シアーシャは当然、何のことやら全く分かっていない。

「放つ魔法はできるだけ小さく——具体的に言うとパチンコ玉、じゃなくて、小指の爪くらい。こめた魔力は保有量の二十パーセントを想定。ただ、実際に発動するにあたってはイメージとの誤差が感じられたので、正確には分からないのと、的が一瞬で爆発したり、壁にまでめり込んだりしたのは完全に想定外の出来事です」

「二十……それで、あれ、ですか？」

「あれ、でした」

「は……ははっ」

龍一郎の説明を聞いていた神官の口から、乾いた笑いがこぼれる。

実際、笑うしかない状況ではあるが、微妙に焦点の合っていない目を見ると、彼の考えていることがそれとは違うことが分かった。

「あ、あの、神官様？　大丈夫ですか？」

「なんかヤバそうな気配がするな……効くか分からないけど、ちょっと頭を冷やしてみるか」

「冷やす？　何をなさるおつもりですか？」

龍一郎が何をするつもりなのか。たった今、やらかしてしまった直後のため、シアーシャの口調に懸念が混ざる。それには構わず、彼はまたも魔力を練り始めた。

「なんか、できそうな気がするんだよ……えーと、出力は最低にして……」

ぶつぶつと口の中で何やら言いながら集中している様子に、邪魔をしてはいけないと、シアーシャは口を噤む。それでも目だけは離さずしばらく見守っていると、いきなり『カシッ』と軽い音がして、龍一郎の掌に小さな氷の塊が出現した。

「お。できた」

「ははっ、は……だから、なんなんですか、それはぁぁぁっ！」

不穏に笑い続けていた神官が、龍一郎の手の中に現れた氷を見て、一瞬で真顔になり、再度叫ぶ。

「見ての通りの、氷だけど？　てか、せっかくこれで頭を冷やして正気に戻そうと思ったのに、その前に戻って……戻ったんだよな？」

「なんで氷なんかできるんですかっ！　人に備わっているのは水の属性だけです！　氷を作れるのは氷雪系の魔物だけなんですよっ？」

「え？　そうなの？　水と氷って別物扱い？」

「そうなの、じゃありませんっ！　なんですか、貴方は。勇者じゃなくて魔物だったんですかっ？」

「なんでそうなるっ？」

まるで道化芝居のやり取りのような会話に、シアーシャは笑えばいいのか、止めに入ったほうがいいのか悩んだ。

「……リュー様。神官様も、どうか落ち着いてくださいませ」

その末に、止めたほうがいいと判断し、そう声をかける。

「俺は落ち着いてるよ？」

「これが落ち着いていられますかっ！　私はっ、断固としてっ！　説明を求めます！」

真反対の答えが戻ってきて、思わず苦笑した。特に神官は、これまでの講義の中で一度も声を荒らげたことはないし、龍一郎の思いがけない質問にも慌てるそぶりを見せたこともない。常に淡々と己の職務をはたしていた彼が、ここまで混乱しているのは初めて見る。

「リュー様。神官様のおっしゃる通り、私も氷を出せる方は初めて見ました。リュー様が魔物ではないのは私が一番よく存じておりますが、あらぬ疑いをかけられないためにも説明をなさったほうがよろしいかと」

「たかが氷一つでなんなんだかな、ほんとに……」

なだめるように言ったシアーシャの言葉に、小さなため息を一つついて龍一郎が話し始める。

「俺が使ったのは火と水の属性だよ。その二つを組み合わせてみただけだ」

先ほどまでは丁寧語を使っていたが、すっかり元に戻っていることをシアーシャは指摘せずにおいた。

「火と水なら、熱湯ができるはずですっ！」

「いや、そこはどうして温度を上げる一択なのか、俺が訊きたい。火の属性ってのは自分の魔力を炎として発動させるのは勿論だけど、さっき俺がやったみたいにそれの温度を上げることもできるわけだろ。つまり、魔力で生み出したものの温度を操れるってことだ。なら、上げるんじゃなくて下げることも可能なはずだ、って思ってやってみただけのことなんだがな」

「……そんなこと、今まで考えた者などおりません」

「むしろ俺としては、こっちじゃ何百年も魔法を使っていたくせに、ただの一人もそれを思いつかなかったことのほうが不思議だよ」

火と水の魔力を合わせれば、熱い湯になる。それはシアーシャにとっても常識だ。

だが、龍一郎はそんなこの世界の常識にはとらわれない。当たり前だ、彼は異世界から来たのだから。

「どうしても信じられないってのなら、あー……えっと……神官さん。あんたもやってみたらいい」

「私の名はスオヴァネンです」

「あ、そうだ、そんな呼びにくい名前だった。だから、スネオ、じゃなくて、スヴァオ——」

なんでも一度で聞き覚える龍一郎が失念していたのは、かなり珍しい彼の名前のせいだったが、シアーシャも同じなので、黙って成り行きを見守る。

「……スオウでいいです。大体の者はそう呼びますから」

「じゃ、スオウさん。あんたも確か水と火の属性は持ってるって言ってたよな。だったら、熱湯じゃなくて、お湯——風呂くらいの温度のは出せるか？」

龍一郎が生徒で神官――スオヴァネンが教師のはずだが、何時の間にか逆になっていた。

「……ええ。魔石の配給がない場合はそうやって湯を作っています。ですが、それは火の魔力の過多で温度を調節してるだけです」

「ああ、なるほど。単純に混ぜ合わせてるだけなんだな。そうじゃなくて、作用――火の魔力で水の温度に干渉するんだ。大丈夫、炎の色を変えるには数百度単位の上昇が必要なのに、水を氷にするにはせいぜい二十度程度下げるんで済む。簡単な話だろ?」

そうは言うが、刷り込まれた常識――火の属性とは炎を生み出す、あるいは、対象物に熱を与えるものだというそれをすぐに切り替えるのは至難の業だ。

シアーシャは火の属性を持っていないが、もし備わっていたとしても、一朝一夕にそれができるとは思えない。

けれど、スオヴァネンも勇者の指南役として選ばれただけのことはあった。

何度も失敗し、熱湯からひなた水までの様々な温度のそれを周囲にまき散らし、水浸しにしまくった末に、ようやく親指ほどの小さな氷をその掌に生じさせるのに成功した。

「……やった、できました!」

「おお、できたな。よかったよかった」

額に汗し、鬼気迫る表情で挑んでいた彼に、龍一郎は素直に称賛を贈る。

「勇者殿の言われるようにしてみたのですが、私では上手くいかず……ならば、水に熱を与えるのではなく奪うことはできないかと思い、そのようにやってみたんです」

「ああ、そういうやり方もあるか。魔法ってのはイメージが大事だって、さんざん言われてたしな。正解は一つじゃないってことだ」

「正解は一つではない——まさに至言です！　ああ、勇者殿、いえ勇者様っ！　どうか私を弟子にしてくださいっ」

「……は？」

感激のあまりに目に涙を浮かべながら、スオヴァネンがとんでもないことを言い出す。

「いやいや、待て待て。教師がスオウさんで、俺は生徒だよな？」

「神殿上層部がそう決めただけです。もしそれが問題になるのなら教師役などすぐに他の者と代わります」

「いや、それはまずくないか？　スオウさんの評価に響くんじゃ？」

「それこそ些細なことです。そんなものより無知蒙昧の輩だった私の目を覚まさせてくださった勇者様に教えを乞うことのほうがずっとずっと大事ですから、どうか私を弟子にっ！」

「だから、ちょっと待てってて」

よほどの興奮状態にあるらしく、息継ぎなしで言い切った彼に、龍一郎はたじたじになっている。

「……こういう反応、なんか見覚えがあるな。つまり、あれか？　スオウさんって魔法ヲタクか」

ヲタクが何かは分からないが、スオヴァネンの態度を示す言葉なのだろう。落ち着いた四十過ぎの神官が、目の色を変えて年下の男性に取りすがっている様子は、そんな異世界の言葉がきっと似合う。

「ってことは、多少のことじゃ退かないよなぁ……でも実際問題として、俺はまだこっちの魔法について完全に理解してるとは言いがたいから、教師がいなくなるのは困る」

「私ごときの知識でよければ、なんなりとお教えいたします」

「だから、それが教師の仕事だろ？　……とりあえず、教師は続けてくれ。今更他の人間と交代されて、また最初からなんてのはごめん蒙るからな。その代わり、俺の異世界的発想が必要なことがあればできるだけ協力する。こんなところでどうだ？」

「弟子にしてくださるのでしたら、私は構いません！」

「その弟子って言うのもな。他人に聞かれたらマズそうだし、とりあえずはスオウさんの研究に関する助言者……協力者ってことでいいんじゃないか」

「私を弟子と認めてくださるのであればなんでもいいです」

そこは譲れない一線らしい。

結果、スオヴァネンの粘り勝ちで、表向きは今まで通り教師と生徒。二人きり、というかシアーシャを交えての三名だけのときは、スオヴァネンは龍一郎を『師匠』と呼び、龍一郎も彼を『スオウ』と呼び捨てにする、ということで話はまとまった。

「では、早速ですが、師匠！　私が今、取り組んでいる魔法陣について御助言をいただきたいのですが……」

「だから、ちょっと待てってば。今日の予定はこれで終わりだろう？　そっちについては、また今度……てか、魔法陣ってなんだ？」

「ああ、そうでした……それにつきましては、魔法の発動が上手くいった後でご説明する予定でした」

魔法と魔術。それは似ているようで非なるものだ。

己の属性を帯びた魔力を体内で練り、それを発動させることを『魔法』と呼ぶ。今回、龍一郎が使ったものや、シアーシャの回復はこちらであり、一般的に使用されるものもやはりこちらだ。

対して『魔術』とは、それらを更に増幅させたものである。

古の言語――今は『魔術言語』と呼ばれているもので『魔法陣』を構築し、それに魔力を流して行使する。

龍一郎を呼び出したのも、この魔法陣を用いた魔術である。円を描き、その内部にいくつもの魔術言語を刻み込むことで作られており、単なる魔法を使うよりも大規模かつ大出力の運用ができるとされていた。ただ、魔法陣を描くのは大変な作業な上に、一ヶ所でも間違っていたら不発に終わる。よほどの熟練者でもなければ使いこなすのは至難の業だ。

故に、その欠点を補うために『魔法巻物』と呼ばれるものが存在していた。

特殊な処理をした皮紙に、やはり特殊な染料で魔法陣を書き込み、それに魔力を流すことにより、瞬時にして強力な魔法が使用できるというわけだ。

ただし、この魔法巻物ですべてが解決するかと言われれば、そうでもない。第一に、巻物自体が大変に高価である。更には、ある程度の魔力――具体的に言えば平均値の二倍から三倍がなければ発動しないため、もっぱら貴族や、魔術師と呼ばれる者たち御用達の品となっている。

「この世界には、そんなものまであるのか」

「どうです、興味がそそられますでしょう？　ですので、ぜひ、今からっ！」

「う……ものすごく見てみたい。けど、ダメだ」

「えー……」

「いい年したおっさんが、口を尖らせるな。俺はこっちに来てから、残業はしないって決めてるんだ。あっちでさんざんやり尽くしたからな。だからこの次――というか、俺の『魔法』の訓練はこれで終わりでいいのか？」

当初の予定では、魔法の発動は相応の日数をかけて行われるはずだった。

「初めての発動で、あれだけのものを見せられたんですよ？　終わりです、終わりに決まってます。ああ、でも出力に関してはもう少し手加減を覚えていただいたほうがいいでしょうから、そちらだけは自主的訓練ででもやっておいてください」

「まさかの丸投げ」

あきれた口調になる龍一郎に、スオヴァネンはきっぱりと言い切る。

「あれほど緻密な魔力の操作は、なかなかできるものではありません。それを初回でやってしまう方に、これ以上、何を教えろと？　それよりももっと大事なことに時間を使うべきだと考えるのは当然です」

「まぁ、それでいいなら、俺としてもありがたいが……ということで、今日はこれで終わりだ。また次の講義で会おう」

それでも食い下がろうとするスオヴァネンを振り切り、ようやく二人が自室に戻るころには、すでに日は西に傾きまくっていた。

◇

夕食を摂り、訓練でついた埃や汗を風呂で流し――実際にそうなっているわけではないが、気分の問題だ――気楽な部屋着に着替えた後は、龍一郎とシアーシャの二人だけの時間になった。

「お疲れさまでした、リュー様」

「シアちゃんもお疲れさま。今日は特に、ね」

龍一郎の言葉にシアーシャは苦笑する。確かに、いろいろと衝撃的な一日だった。

「驚きはしましたけど、リュー様でしたら当たり前のような気もします」

「俺ならどんな非常識をやらかしても不思議じゃない、って？」

「え？　いえ、そういうことではなく！」

誤解を招くような物言いをしてしまったと慌てる彼女に、龍一郎が笑う。

「ごめん、ごめん。褒められて照れちゃって、意地悪言った。それにしても、こっちの人って頭が固いのかな？　少し考えれば思いつきそうなことなのに、全くその発想に至らなかったって言うのは、ちょっとね」

「魔法というのは、便利であると同時に怖いものでもあると、私たちは幼いころから言い聞かされて育ちます。まずは、しっかりと使い方を学ぶのが大切であるとも。私は持っている魔力も小さいので、暴走しても大したことにはならないでしょうが、それが多い方でしたら、被害も甚大になりますし」

「なるほど。確かにそんなふうに言われて育ったら、なかなか未知の分野には手を出しにくいかもしれない……スオウはすぐに自分で新しい使い方を思いついてたけどね」

「あの方は……少し特殊なのだと思います」

中肉中背で、講義中以外は口数も少なく、どこといって特徴のない中年男性としか思えなかったスオヴァネンは、これまでの龍一郎への講義でも特別に熱心な様子を見せたことはなかった。くどいほどに基礎を教え込んだのも、貴重な勇者が万が一にでも自分の魔法で傷を負わないように、上から指示されてのことだろう。

その彼が、あそこまで激烈な反応を示したのにはシアーシャも驚いている。

龍一郎のやらかしに衝撃は受けていたが、その行動自体を咎めはしなかったことも。それどころか、シアーシャにはまるで理解できない龍一郎の説明に食らいつき、子供のように目をキラキラと輝かせながら、嬉々としてその指示に従っていた。

そして最後は、『弟子にしてください』発言だ。

龍一郎の師に選ばれたからには、神殿内でもそれなりの地位にいるはずなのに、それをあっさりと投げ捨てて構わないとまで言い放った。さすがの龍一郎も、そこまで言われては無下にもできなかったのだろう。渋々ながらも、それを受け入れていた。

――そこまで考えて、ふと、ほの暗い感情が心を過る。

それを見計らったかのように、龍一郎が問いかけてきた。

「……なんか気になることでもある？」

「いえ、そういうわけではありません」

慌てて暗い思いを振り切り、シアーシャはなんでもないと否定する。

「ダメだよ、俺にはなんでも言ってくれる約束だろ？」

けれど、龍一郎は見逃してくれなかった。

「疲れてるだけかと思ったけど、違うよね？　何時もより顔が暗い。嫌なことでもあった？　もしかして、昔、スオウと何かあったとか？」

「いえ、そのようなことは……」

「だったら、どうしてなのか教えてよ」

そして、そうまで食らいつかれ、白状するしかなくなる。

「……あの方のことは、呼び捨てになさるのだな、と……」

「あの方？　スオウのことだよね？」

そんな些細なことを気にすること自体がばかばかしいとは、シアーシャ自身も分かっている。

それでも、これまで龍一郎が親しく名を呼び、会話するのはシアーシャだけだった。例外は、元剣術指南役で今は『筋トレ仲間』のゴドーくらいだが、そちらは全く気にならなかったというのに、だ。

それはやはり、現時点で龍一郎の興味の中心となっている、魔法、魔術という共通の話題をもったスオヴァネンが相手だからだろう。シアーシャが見たことのない表情で、嬉々としてお互いの考察を交換する二人の会話は、割って入る隙間がないほどだ。

要するに、本当にばかばかしいのだが、どうやらシアーシャは――

「まさか、焼きもち焼いた？　スオウに？」

焼きもち――つまりは嫉妬だ。

「い、いいえ。私はそんな……」

否定を口にしたものの、そう言われてみれば、そんな気もする。

けれど、やはりどこか違う気がして……少しの間、考え、シアーシャはその答えにたどり着いた。

「私は、その……なんだか、少し寂しくて」

今まで、龍一郎に一番近い位置にいるのはシアーシャだった。いや、きっと今でもそうだろう。

けれど、その隣か、あるいは少し後ろかもしれない場所に、スオヴァネンという男が現れた。

龍一郎よりも年上で、シアーシャとは性別すら違う。普通に考えて、嫉妬の対象になるような存在ではない。だが、それでも。

「神官様――スオヴァネン様とお話をされていたときのリュー様は、とても楽しそうにしていらっしゃいました。魔法についての考察をお話し合いになられていても、私はほとんど理解できません。一介の巫女でしかない私では当たり前の話なのですが……」

口にすればするほど、恥ずかしさが募る。自分はこうも心が狭かったのか、と自己嫌悪に陥った。

それでも、心の内を赤裸々に告白したのは、龍一郎に対して決して嘘をつかないという誓いのためだ。

そんな自分に、きっと龍一郎はあきれているだろう。もしかしたら、嫌われてしまったかもしれない。彼の目に浮かぶ嫌悪の光を見たくなくて、シアーシャは俯いたまま告げる。

すると――

「ああ、もう……かわいすぎるだろっ！」

隣り合ってソファに座っていた龍一郎から、ぎゅっと抱きしめられた。

「え？　リ、リュー様っ？」

「仲間外れにされた気がして、寂しくなったとか……ああ、もうかわいい、かわいすぎるっ！」

嫌われるどころか、反対に喜ばれているようで混乱する。それと同時に、龍一郎の言葉がすとんと腑に落ちた。

「仲間、外れ……」

確かにその通りだ。スオヴァネンに対しての悪感情は、シアーシャの中には存在しない。だから、嫉妬と言われると、違う気がした。

だが、龍一郎と彼が楽しげに話をしているのを見て、胸の中にもやもやとわだかまるものも確かに存在する。

なんのことはない。そんな子供っぽい感傷がその正体だったとは。

先ほどとは別の恥ずかしさで顔が赤くなる。それを見られたくなくて、抱きしめられた胸に顔をうずめた。

「……やばい、かわいさで死にそう……」

できれば、その『かわいい』を連呼するのもやめてほしい。これでは何時までたっても顔を上げられないではないか。

そんな内なる願いが届いたのか、しばし感動(?)にうち震えた後で、龍一郎は優しい声で謝った。

「……ごめんね。そんなつもりはなかったんだけど、シアちゃんに寂しい思いをさせた」

シアーシャの白銀の髪を、上から下に何度も龍一郎の手が撫でる。その温もりになぜだか涙が出そうで、シアーシャはまだまだ顔を上げられない。

「リュー様は何も悪くありません。私が、勝手におかしなことを考えただけです。本当に、子供じみたことを……」

声に涙の気配が交じらないよう、注意深く口を開く。だが、言葉にして出したことで余計に情けなさが増すという悪循環に、どうしていいのか分からなくなった。

「いいんじゃない？　子供っぽくても」

「……リュー様？」

龍一郎の声は穏やかで、言い聞かせるような語調だ。

「前にシアちゃんの生い立ちを聞かせてもらっただろう？　その話だけで、俺が決めつけるのは間違ってるかもしれないけど。でも、きっと。シアちゃんは、子供をやり直すべきなんじゃないかな」

身分と権力にものを言わせて、シアーシャの母をその手にした父親。思い合っていた婚約者と無理やり引き裂かれ、なのに母は正式な夫人にもなれず、ただの愛人としてシアーシャを産んだ。更に、父はそうやって生まれたシアーシャにはほとんど関心を寄せず、ただ一人、愛してくれた母親も早くに亡くなっている。

ほとんど放置された状態で十歳までを過ごし、その後は厄介払い(やっかいばらい)をするように神殿に預けられた。

そんなシアーシャには、『子供らしい子供』でいられた時間がほどんどなかった。

だから、と。

龍一郎は言うのだ。

「一人になって寂しいって、ほんとに子供だったころは言えなくて、ずっと我慢してたんじゃない？　我慢して我慢して、何時(いつ)の間にかそんな気持ちはなかったことにした――心の中にしまい込んじゃったんだろうね。で、それが、今、出てきちゃった」

「……リュー様……どうして？」

「シアちゃんとは年齢も違うし、状況も違うけど、俺も両親を亡くしてるって言ったよね。そのときにさ。もう大人なんだから、何時(いつ)までもめそめそしてちゃダメとか思っちゃったんだよ。十七、八のガキがいっちょ前に大人ぶってね。寂しいって思いに蓋(ふた)をして、そんなものはなかったことにした。なんか似てない？」

似ている、のかもしれない。

シアーシャが亡くしたのは母で、父はまだ存命だ。けれど、もう十年以上も会っていない、その前もほとんど顔を見たこともない父はいないも同然だった。唯一、自分を愛してくれたその母が亡くなった後、シアーシャの『親』はいなくなった。

一人の寂しさに泣き、温もりが失われてしまったことを嘆いても、慰めてくれる者はおらず、泣いて泣いて――やがてあきらめ、感情を押し殺すことを覚えた。

そうせざるを得なかったシアーシャと、自らがそうした龍一郎では確かに違う。

けれど、でも。きっと、根底にあった思いは同じものなのだろう。

「リュー様は、本当に、なんでもお分かりになるんですね……」

「大学の一般教養で心理学もとったけど、これはちょっと違うかな。シアちゃんだからだよ」

「え？」

思いがけない言葉に、驚いて顔を上げると、ひどく優しい目をした龍一郎と視線が合う。

「最初にシアちゃんを見たときから、目が離せなくなった。最悪に寝ぼけた頭でも、他の子たちとはなんか違うって感じたんだ――見た目や年齢とかじゃなくてね」

龍一郎とシアーシャの出会いは、あの勇者召喚の日だ。

「こんな子に会えるなんて、なんていい夢だ、って思った。その後すぐに、夢なのが悔しくなった。結局、夢じゃなかったわけだけど」

一目ぼれだったたって言ったでしょ、と。囁かれて、こくりと頷く。

「……人を好きになるのに理由なんていらないとは言うけど、ほんとに何もないのかな？　少なくとも俺は、あのとき、シアちゃんに何かを感じた。それはきっと、俺の中、シアちゃんの中に、似ているものがあったからだったのかもしれない。もっとも、今は、そんなものがなくても俺はシアちゃんのことが好きで、何時も、誰よりも、気にして見てたから分かったわけで……あれ？　順序がおかしい？　いや、これでいい、のか？」

最後のほうは独白じみた内容になりはしたが、シアーシャにとっては、龍一郎が自分を誰よりも気にしていると、そう言ってくれただけで十分だ。

「えーと、だからさ――なんかいろいろ言ったけど、俺はシアちゃんを仲間外れにする気は全くなかった。けど、スオウと予想外に話がはずんじゃったのも確かだから、そこは反省している」

「……はい」

回り回って最初の話題に戻り、シアーシャの返事が一拍遅れたのは、すっかりスオヴァネンのことを忘れ去っていたからだ。

我ながら単純だとは思うが、いくら彼と龍一郎が話し込んでいてももう気にならないと言い切れる。だから、龍一郎も気にしないでほしい――そう告げるより前に、彼が言葉を続けた。

「だから、シアちゃんに悲しい思いをさせたお詫びをしたい。ただ、今のところ俺はこの神殿に厄介になってる身で、財力はゼロだ。何か買ってあげるとかはできないから、そっちじゃない方面で、シアちゃんのお願いを叶えてあげたいんだけど、何かない？」

「――そうおっしゃられましても……」

何かない、といきなり聞かれても困る。

「例えば、一日、シアちゃんの家来になって言うことをなんでも聞く、とかそういうのでも全然構わないし」

「とんでもない！　リュー様にそんなことはさせられません。あの、本当にもう気になさらないでください」

自分が、この国を救う救世主である自覚はないのか。軽い頭痛を感じつつ、やんわりと遠慮するが、龍一郎は退いてくれない。

「じゃぁ、次の移動のときにはお姫様抱っこして運ぼうか？　それか、寝るまで子守唄を歌うとか？　あ、シアちゃんが大好きだって百回言う？」

「リュー様。私のことを子供扱いしていませんか？」

シアーシャの軽い頭痛が本物になりそうな提案に、ジト目になりつつ言う。

「いいじゃないか、子供で。これがわがままを言う練習だと思って、俺だけには、子供みたいに、何も気にせずわがまま言ってほしいんだ」

まさかここでまたその話題が出るとは思わなかったシアーシャは、次に口にする言葉に迷う。

「だからさ。ほんとになんでもいいから、言ってほしい」

「……リュー様は私を甘やかしすぎます。そんなことをおっしゃられたら、私はもっと甘えてどんどんダメになってしまいます」

それでもなんとか絞り出した、シアーシャにとっては脅しのセリフも、龍一郎は意に介する様子を見せない。

「ダメになっていいよ。というか、俺的には全然甘えてくれてるって実感がないんだよね……ああ、要するに俺の甘やかし度が足りないってことか。なら、もっと力いっぱい、でろでろに甘やかさないと……」

「待ってください！　もう十分すぎるほど頂いております」

シアーシャにしてみれば、今でさえ過剰に思えるのに、これ以上のことなど想像の範囲を超える。

「じゃあ、何か言って？」

ずずい、とばかりに顔を近づけられ、飛び切り甘い声で囁（ささや）かれ、全面的に白旗を掲（かか）げるしか術（すべ）はない。

けれど、願いと言われても、物欲が弱く、誰かに何かをねだるという行為をしたことのないシアーシャが思いつけるものは何もない。

それでも何かを言わない限り――それも、適当にでっち上げたのではきっとだめだ。

龍一郎の納得する『お願い』を、どうやったら……？

頭の中でここまでのやり取りを振り返り、浮かんだことがあった。

「で、では、一つだけ……」

「いくつでもいいよ。で、何？」

「私のことを、シア、と呼んでください」

その言葉を聞いた、龍一郎が面食らったような顔になる。

「え？　……俺、そう呼んでるはずだけど……？」

龍一郎自身はそう思っているのだろう。けれど、違うのだ。

「そうですね。前にも同じことをリュー様にお願いしました」

「うん、覚えてる。だから、俺はシアちゃんの願い通りに……って、ん？」

前に願ったとき、確かに龍一郎はそれを叶えてくれた。シアーシャの思い描いたものとは少し違っていたが、龍一郎がそれを受け入れてくれたという事実だけで満足した。でも、今の『わがままなシアーシャ』は、それだけでは足りないのだ。

「あれ？　えっと……もしかして？」

だから気がついてほしい。何も言わずとも、龍一郎自身でその答えを見つけてほしい。そう願い、何も言わないまま、じっと待つ。

「シアちゃ……じゃなくて、『シア』？」

そして、シアーシャの期待通り、龍一郎は正解にたどり着いてくれた。

「はい、リュー様」

にっこりと笑い返事をすると、痛いほどに抱きしめられる。

「ああ、もう……ヤバかわいい、くっそかわいい……ダメだ、語彙(ごい)が死んでる」

うわごとのように『かわいい』を繰り返す龍一郎に、声を出して笑いたくなるが、それはさすがに我慢する。

『スオヴァネンのように、何もつけず、ただシアと呼んでほしい』

そう願うのは簡単だ。そのほうが龍一郎の誤解を生まないのも分かっていた。けれど、あえて前と同じ言い方をし、龍一郎に『考え』させた。

——侶伴とは勇者に寄り添い、その意に従い、身も心も勇者のために捧げる存在である。

その侶伴であるシアーシャが、勇者である龍一郎をわざわざ悩ませ、煩わせるなど、本来のあり方からの逸脱も甚だしい。

それでも、『今』のシアーシャはそうしたかった。

「前も、シアって呼び捨てにされたかった？」

「正直に申し上げるなら、あのときは堅苦しく呼ばれないのであればそれでよかったんです」

基本的に、龍一郎はシアーシャ以外の人間を名前で呼ばないし、自分のことも名前呼びを許さない。

『あっちが俺のことを勇者としか見ないんなら、俺だって同じようにするさ』

その理由をシアーシャが尋ねると、珍しく険しい顔で吐き捨てるようにしてそう言った。

常に飄々として、自分の身に起きたことも大人の余裕で呑み込み消化しているように見えていた龍一郎にも葛藤があったのだ、と遅ればせながらシアーシャは知った。

それに気がつけなかった己の不明を恥じ、それでも龍一郎にただ一人、名前——愛称で呼びかけ、呼ばれるのが嬉しかったのだ。優越感もあったかもしれない。

それが龍一郎とスオヴァネンの関係の変化により揺らぎ、自分の中に潜んでいた暗い感情に向き合うきっかけになり——ついには龍一郎に対して、こんなわがままを通してしまった。

侶伴としては失格だ。けれど、龍一郎がそれでいいと言ってくれるなら……

「あ、そうだ。俺がシアを呼び捨てにするなら、シアも俺のこと『様』づけはやめるよね？」

「いえ。それにつきましてはそのままでいたいです」

「えー、なんで？」

「リュー様のことを『リュー様』とお呼びするのが好きなので」

自分の好悪で物事を決めるのも何時振りだろう。ほんの些細なことだが、それができた自分が誇らしかった。

だから――だろう。

「……ほんとに、シアちゃ――シアは、俺のこと、どうしたいわけ？」

「どう、とおっしゃられましても……」

小さな達成感に囚われて、龍一郎のまとう雰囲気が変わったのに気づくのが遅れた。

「もう、俺、マジで死にそうになってるんだけど？」

死にそうと口にしている割には、血色がいい。いや、それどころか少し上気しているようにも見える。

そしてその目には、肉食獣のような光を宿していた。

これは、もしかして――と、シアーシャが悟ったときにはもう遅い。

抱きしめられたまま、ソファの座面に押し倒される。

二人で腰を下ろしていたソファは寝転んでも余裕の大きさで、シアーシャの体を優しく受け止めてくれた。

「リューさ――」

ま、まで言い終わる前に、噛みつくような口づけを与えられる。

「ん……ぅんっ」

ぬるりと口中に忍び込んできた龍一郎の舌に、ほとんど条件反射で応えながら、シアーシャは忙しく、頭の片隅で考えていた。

確かに甘い雰囲気ではあったものの、いきなり豹変(ひょうへん)した理由が分からない。

一体、何が彼の内なる獣(けもの)を目覚めさせてしまったのか?

もし、その疑問を龍一郎が知ったなら『全部に決まってるでしょ』と答えただろう。

それはさておき、龍一郎から与えられる口づけは、まぎれもなく本気のものだ。

ねっとりとした動きで、彼の舌がシアーシャの口内を我が物顔に動き回る。上顎(うわあご)の裏を擽(くすぐ)るように刺激され、歯列をなぞるように頬の奥まで伸びてきた。その合間に、まだたどたどしいながらも少しでもそれに応えようとするシアーシャの舌を、慣れた動きで翻弄(ほんろう)して――彼女の息が上がるのに、さほどの時間はかからなかった。

「リュ……さ、ま。ど……して?」

ようやくひとまず解放されて、龍一郎の唇が離れると、二人の間を繋ぐように唾液が糸を引く。

それが室内灯の光を反射し、まだ明かりさえ落としていないことに、シアーシャは今更ながらに気がついた。

「シアがかわいすぎるのが悪い。我慢できなくなった」

とんでもない言いがかりである。

これまでに幾度となく肌を重ねているので、行為自体への抵抗感はとっくの昔に消えているし、龍一郎に触れられるのは嫌ではない――むしろ嬉しい。

ただ、それは寝台の上でのことだ。こんなふうにソファに押し倒されて開始するのは初めてのことである。しかも、まだ煌々と明るい光の中でだ。

「リュー、様……な、なさるのなら、寝台に……っ」

「無理。あんなところまで移動なんかしてられない」

あんなところと言うが、いくら広かろうが同じ室内、数歩の距離だ。たったそれくらいのことも待てないとは、シアーシャには到底理解しがたい。

「リュー様っ」

抗議の意味を込めて、少し強めに呼ぶと、ふうわりと優しく笑われた。

「……俺のこと、そう呼ぶのが好き？」

「は、はい」

改めて尋ねられ、もしや龍一郎は違う呼び方のほうがよかったのかもしれないと、一瞬不安が過る。けれど、それは杞憂だ。

「俺も、シアにそう呼んでもらうの、すごく好きだよ」

額や髪に優しく口づけながらそう言われて、ほっとしたシアーシャの体の力がわずかに抜ける。

それを見計らったように、龍一郎の唇が頬に移動し、彼女の唇をかすめてからうなじに落とされた。

ちゅちゅっ、と軽い音を立てながら、うなじから鎖骨の辺りまで移動したところで強く吸われる。左の鎖骨からやや下がった位置に、ちりっとした痛みを覚えたとき、別の懸念が頭に浮かんだ。強く吸われると鬱血痕――龍一郎がキスマークと言っていた痕が残る。現にシアーシャの体には、つけられて間もない濃い紅から、しばらく経って薄れて緑や黄色になったものまでがあちこちに散っていた。今の彼女が着ているのは、就寝時に使うもので、襟は広めに開いているし、袖も短い。少しのぞき込むだけでいくつものそれを確認できてしまう。

「リュー様っ、そこは……っ」

「大丈夫。ここなら何時もの服で隠れるから安心して」

ただし日中の衣はもっと露出を抑えた服であるので、彼としてはそれも計算の内らしい。

「に、しても。まだそんなことを気にする余裕があるんだ？」

にやりと人の悪い笑みを浮かべる彼に、シアーシャの本能が警鐘を鳴らすが、後の祭りだ。

就寝用の衣は、脱ぎ着がしやすいよう、前がへその辺りまでボタンで開閉するようになっている。それを一番下まで全開にされ、露わになった素肌の上を龍一郎の唇と手が這い回った。

ささやかな胸のふくらみを執拗に揉まれ、すぐに先端が硬く尖る。そこを指で摘まれ、両方の胸を同じように、けれど少しずつ違うリズムで刺激されて、あっという間にシアーシャは甘い声を上げ始めた。

「あっ……や、リュ……ん、あっ！」

きゅっと摘まれたかと思うと、指の腹で押しつぶすようにされ、あるいは強く引っ張られる。

小さく硬くその存在を誇示していた先端は、それらの刺激でぷっくりとふくらみを増した。

真っ白な肌の上の、濃い紅色のそれに躊躇うことなく龍一郎が食らいつく。

「あ、あんっ！」

愛撫により目覚め敏感になっているそこは、小さな刺激でも鮮明に拾ってしまう。

先端と周りの少し淡い色の部分をまとめて唇で覆われ、じゅっと強く吸われた。直後にぺろりと舌でなめ上げられ、強弱をつけながらまた吸われ、とどめに歯の間に軽く挟まれる。きりりとした痛みにも似た快感がシアーシャの全身を走り抜けた。

勿論、片方だけではなく、二つのふくらみの間を忙しく龍一郎の頭が往復する。途中、ついでとばかりに谷間にも吸いつかれて、またも赤い花弁がそこに刻まれるが、もうキスマークの位置を気にするどころではない。

唇が離れたほうの先端は唾液で濡れ、外気に触れてひんやりと冷えていく。そんなことすら刺激に変換されて、シアーシャは小さく体を震わせた。

なめて、揉んで、噛みついて、撫で回す。

この国の基準では胸は大きいほうが好ましいとされるので、シアーシャのそれは欠点としか見られない。

そんな貧相なものにどうしてそこまで嬉しげになれるのか……

幾度となく繰り返した疑問が、頭のほんの片隅をかすめるが、それも須臾の間の出来事だ。

絶え間のない刺激に、シアーシャは全身にうっすらと汗をかき、それが照明の光を淡くはじいている。

なめらかな白い肌が真珠のような輝きをまとい、白銀の髪と緑の瞳、それにほっそりとした肢体が相まって、まるで女神みたいだ——とは、龍一郎の感想であるが、当然、彼女にはそれを知る由もない。

「あっ……あ、んっ！　リ、リュー、様っ」

その女神、ではなくシアーシャが自分の愛撫に甘い声で啼き、己の名を呼ぶ度に、男の所有欲と征服欲がむくむくと頭をもたげることも、やはり彼女は知らなかった。

分かっているのは、今の自分が龍一郎により、存分に愛されていることだけだ。

「んっ……」

度重なる愛撫に、ずくん、と腰の奥がうずき、続いてとろりとした何かが湧き上がってくる。それが龍一郎を受け入れる準備ができたということだと、今のシアーシャは知っていた。

龍一郎は胸のふくらみに吸いついたまま、手を胸から腰、その下の臀部の輪郭をなぞるようにずらす。太ももまでたどり着くと、乱れていた裾を割ってその中に忍び込んだ。

湿りけを帯びた下着に指がかかるのが分かり、シアーシャは恥ずかしく思うが、龍一郎は更に機嫌がよくなった。

「……こっちも、ちゃんとかわいがってあげないとね？」

するり、と指の腹で撫でられると、刺激で蜜の分泌が増える。

薄く儚い布切れはすぐに重く濡れそぼり、少々の気持ち悪さを感じたところで、あっさりと取り払われた。

遮るもののなくなったそこを、何度も龍一郎の指がなぞる。まだナカに入れる気はないようで、秘裂に沿って幾度も往復を繰り返し、時たま、その上にある小さな肉の芽にも当てる。

あまりにも軽い接触にじれったさを感じて、シアーシャがもじもじと身をよじると、軽い笑いの気配が彼から伝わってきた。

わざとそうされているのだと気がつくが、自分からねだるのは恥ずかしい。

そんな内心の葛藤も見透かされていたらしく、おもむろに指が一本、シアーシャの内部に差し入れられる。

「ん、ぅっ！」

望んでいたことだが、望んでいたモノとは違う。くるりとその指を回すようにして内部の壁をなぞられると、ナカに溜まっていた熱いものがどっと外へあふれ出した。龍一郎の指を濡らし、割れ目を伝って臀部まで到達する。

その瞬間、飛んでいた理性が、大急ぎで戻ってきた。

「リ、リュー様っ！」

切羽詰まったものを含んだ声に、まだ胸に吸いついたままだった龍一郎が顔を上げる。

「……ん？」

「あ、あの……汚して、しまいますっ」

「……ああ。そんなこと気にしないでいいよ」

シアーシャが何を言いたいのか、分かっているくせに、あっさりと却下する。

だが、気にしないでいられるのであれば、これほど必死に声を出したりはしていない。

寝台の敷布を汚してしまうことはもうあきらめたが、それがソファの座面となれば話が違う。

掃除とリネンの取り換えをする巫女たちに、どう思われることか。見境なく盛っていると陰で笑われるのが自分だけならまだしも、龍一郎が侮られるのは我慢できない。

「お願いですっ、せめて、寝台に……っ」

「えー……」

えー、ではない。シアーシャにとっては、本当に切実な問題なのだ。

そんな彼女の様子に、龍一郎は少し考えた素振りを見せた後、衣の裾をたくし上げ幾重にも折り畳んで、尻の下に差し込んできた。

「これで大丈夫」

……ここで致してしまうのに変更はないらしい。

それでも龍一郎が譲歩してくれたことに変わりはない。更に言えば、これ以上は無理だろう。

ソファの上での行為になることを覚悟し、シアーシャはあきらめて体の力を抜く。

すると、すぐにまた始めるとばかり思っていた龍一郎が、すっと彼女の上から身を引いた。かと思うと手を取られ、最初のように座らされる。

「っ……！」

横たわっていた状態から半身を起こして視点が高くなった途端、シアーシャは今の自分がどのよな姿をさらしているのか知った。

寝巻といっても、神殿の巫女がまとうからにはそれなりにきっちりとした衣が、見るも無残に着崩れている。ボタン留めの前は限界まで開かされ、襟はくつろげるという段階をはるかに通り越して、かろうじて肩に引っかかっている状態だ。

だが、上半身はそれでもまだマシだといえる。

先ほどのやり取りで裾をたくし上げられていたのは分かっていたが、それは前身ごろも同じで、太ももどころか足の付け根の更に上までが露わになっていた。そこに下着があればまだよかったのだが、それもすでに取り払われた後だ。視線を遮るものは何もなく、しかも座らされた際に、何をどうやったのか足を大きく開かれ、その間に床に膝をついた龍一郎が陣取っている。

これまでにもいろいろと恥ずかしい姿勢を取らされ、口にできない場所を愛撫されたことは何度もある。

だが、それは明かりを落とした寝台の上でのことだ。

明るい光の下で致す、というのがどういうことか。さっきまでの自分は分かっていた気でいただけで、実際にそうなってみて初めて身に染みて感じられた。

その羞恥に追い打ちをかけるのが、龍一郎自身はまだ上着さえ脱いでいないという事実。

恥ずかしさのあまりに死ねるものなら、シアーシャはこの場で神の御許に旅立っていただろう。

「リュー様っ！」

あまりといえばあまりな状況に、涙声になる。今更ながらに体を隠そうと腕を動かすが、それを龍一郎に阻まれた。

両方の手首を、彼に両手で捕らえられてしまう。そのまま器用に肘と膝で更に足を開かされたかと思うと、龍一郎は躊躇う様子もなくその中心に口づけた。

「っ！」

じゅじゅ。

シアーシャのナカからあふれ出した液体をすすり上げる淫猥な音に耳を塞ぎたいのに、できない。尖らせた彼の舌先が蜜口に侵入してきて、ナカに溜まっていたものを吸い出された。

「あっ、や……あっ」

ちろちろと動く舌は、勿論、その上にある小さな芽も見逃しはしない。ふくれて莢から顔を出していたそれを丁寧に味わわれ、シアーシャの腰ががくがくと震えた。

「リュ……あっ！　そ、れ……あんっ！」

舌先でぐりりと押されて、全身を甘い痺れが支配する。

「……気持ちいい？」

情欲にかすれた声で龍一郎に問われるが、それに返事をする余裕などどこにも存在しない。

シアーシャは目を閉じてきつく背筋をのけ反らせ、湧き上がってくる感覚に堪えるだけで精いっぱいだ。あまりにも力を入れすぎたためか、腰までもが反り返り、危うく座面から落ちかける。

「おっと……」

とっさに彼女の手を離した龍一郎の掌が、太ももの内側を持ち直してそれを受け止めた。シアーシャは自由に手が使えるようになりはしたが、龍一郎の頭を押し返すどころか、すがるように髪の毛をまさぐるだけで終わってしまう。

「あんっ！　あ、っ……も、う、リュ……っ」

昇り詰めたいのに……舌の刺激だけでは、そこまで到達できない。

苦しくて頭を振るシアーシャに、龍一郎は良心が咎めたのか――あるいは全く違う動機だったのかもしれないが、ソコから顔を上げる。それと同時に、両手に力をこめてシアーシャの体を落ちない位置まで押し戻した。

「……あ」

上下に分かれた勇者用の部屋着の上はそのままに、彼は下だけをずらす。そこから飛び出す勢いで姿を現したのは、ぬらぬらと赤黒く隆起した龍一郎自身だ。

何度も身の裡に受け入れ、啼かされてイかされたソレだが、こうして明るい光のもとで目にするのは初めてである。

あまり凝視するのははしたないと思いはしても、シアーシャはその形状に目が離せない。屹立した本体には血管が浮き出ており、先端から張り出した笠は裏面（？）にかけてくびれが刻まれている。全体の太さはシアーシャの手首よりは細いものの、見た目の迫力は圧倒的の一言に尽きた。実のところ、龍一郎のソレは、彼が元いた場所でも少々規格外なのだが、そんなことをシアーシャが知るわけもない。

「……そんなに見つめられると照れるな」

苦笑交じりの龍一郎の言葉も、あまりの衝撃に耳を素通りしていく。

完全に固まったシアーシャに、龍一郎は小さく肩をすくめた後、おもむろに腰を進め、彼女の中心にその切っ先をピタリとあてがった。

「一度、イってもらうか、指で慣らしてからのほうがいいんだろうけど……」

もう、ちょっと俺が無理——そう呟(つぶや)いて、ぬぷり、と蜜にまみれた入り口に、ほんのわずかだがその先端が入り込む。

呆(ほう)けたようにその光景を見つめていたシアーシャだが、ソレが指の幅一本分ほど侵入したとき、おびえて悲鳴を上げた。

「む、無理、ですっ——そんなの、入らないっ！」

その凶暴な器官から少しでも距離をとろうと身をよじるが、背後はソファの背もたれに阻(はば)まれ、左右に逃れようにも体の両脇に膝を立てるような形で固定されていて、やはりこちらにも逃げ道がない。

「大丈夫。何時(いつ)も、ちゃんと食べてくれてるでしょ」

——食した覚えなどありません！

できるならそう言いたかったが、吐息が喉(のど)に絡んで声にならず、龍一郎を押し返そうとするも、非力なシアーシャではびくともしない。

彼は入り口で二度三度と前後に動き、シアーシャのナカからあふれる蜜を切っ先にまとわせ——

「——ちょっとだけ、我慢して」

「ひっ……い、た……っ！」

ずぶり、と一気に根元まで埋め込まれると、シアーシャの脳天まで衝撃が走り抜けた。

息が詰まり、体がこわばる。

「くっ……きっ、つっ」

自身をきつく締めつけられて、龍一郎も苦鳴に似た声を漏らす。双方、そのまま、息が整うまでじっと身動き一つしなかった。

「ごめん。我慢がきかなかった。痛かった？」

先に言葉を発したのは龍一郎だ。

「い、いえ……」

シアーシャも短く言葉を返す。

実のところ、痛み自体はさほどでもなかった。あまりにも衝撃的な……を目にしたことで混乱し、余計な力が入ってしまったのが原因だろう。

けれど、こうしてじっとしていると、重みも熱も――何時もよりもほんの少し、内壁にかかる圧力が増している気がしないでもないが、幾度となく受け入れた龍一郎だと分かる。

「無理してない？」

「……はい」

そう答える。

確かに無理はしていないのだが、現金なもので、今は内部にある龍一郎が気になって仕方がなくなっていた。先ほど、しっかりとその形状を目にしてしまったせいもあり、あんなものが本当に自分の中に、と思うだけで、体の奥に切ない熱が溜まる。

「……ちょっ」

突然、焦ったような龍一郎の声に、そちらに集中していた意識を戻すと、彼のこめかみから一筋、汗が伝うのが見えた。

「ちょ……そっ、やば、い……っ！」

まさか自分の内壁が彼のソレに絡みつき、うねり、搾り上げようとしているなどとは、シアーシャは露ほども思わない。

分かったのは、龍一郎が断固とした表情で自分を突き上げ始めたという事実だけだ。

「あっ！　や、んんっ……ん、うぅっ」

穿つように腰を使われ、実際には浮き上がっていないのに、ふかふかした上質のソファの上で激しく上下させられる度に、目の奥に白い光が散る。

座らされたシアーシャと、床に膝をついた彼との高低差が、実に都合よかったのがその一因なのだが、あまりに激しい衝撃に、彼女は目の前の龍一郎の体に両腕ですがりついた。

「ん、ぁ……は、ぁ……あ、あんっ……」

しばらく放っておかれた胸の先端は、一旦は柔らかさを取り戻していたものの、龍一郎の硬い胸板に擦りつけられる刺激で、またも硬くなりつつある。限界まで開かされた足の中心、龍一郎を受け入れている場所のすぐ上の尖りは、彼の下腹にこすられ、こちらも真っ赤に色づいていた。

複数の場所から快感が押し寄せて、すでにシアーシャは息も絶え絶えだ。

感じすぎて子宮が下りてきているのか、突き上げられる衝撃が何時もよりも強い。

酸素を求めて開かれた口からは、吐息と共にひっきりなしに甘い声が上がっている。

「ああ、あ……ん、むぅ……っ！」

その口を龍一郎の唇に塞がれ、同時に一際深く胎内をえぐられた瞬間、堰にたたえられた水があふれ出すみたいに、シアーシャの全身に快感が怒涛のように押し寄せた。

「ぐっ……ぅ」

ナカの壁がうねりのたうって、きつく龍一郎を締めつける。彼はあまりの圧力にたまらず爆発してしまったが、呼吸するように収斂と弛緩を繰り返す内部の粘膜に刺激されて、間を置かずに硬さと角度を取り戻した。

「ま……じで、やば……っ」

「ひっ、い……あ、も……」

昇り詰めたばかりでまだ小さく痙攣しているソコを、前にも増して強く押し広げられ、シアーシャは完全に涙声になる。

そんな様子に、龍一郎は何を思ったのか、一旦、その剣先を彼女の内部から引き抜いた。

これでやっと解放される、と思ったのも束の間で、背に回した腕をとられぐるりと体を回転させられる。たった今まで背中に感じていたソファの背もたれが目の前にきたことに戸惑うシアーシャの腰を高く掲げさせた龍一郎は、その背後から再び一気に突き入れてきた。

「うそ……っ、や……ダメっ、リュー、さ……ん、あぅ！」

背後からがっちりと腰を捕らえられ、下腹と臀部の肉がぶつかり合う生々しい音が耳を打つ。

「あっ、あっ！　んっ……んんっ」

こんな体勢は初めてだ。

今までは必ず目の前に龍一郎がいた。なのに今は、自分の背後に回り、まるで獣の交尾のような形で繋がっている。

「っ、くっ……ふ、ぅっ」

肩口に感じるのは荒々しい呼吸。それが龍一郎のものだと分かっていても、目に映る姿がないことが不安になる。

けれど――

「……くっ、シアっ……好き、だ。愛し……て、るっ！」

「っ！」

背後から耳たぶに熱い吐息がかかり、直後にそんな声が聞こえた途端。曖昧模糊とした不安はどこかに消え去り、キュン、と甘く子宮がうずいた。

「あっ、あ……リュ……んぅっ！　んんっ」

背後から深く突かれると、正面からの交わりでは届かない場所を切っ先がえぐる。

姿勢が変わり、角度が変わり、それにより快感の度合いがまた変わり――変わらないのは体中でたぎる熱だけだ。

一度、気をやったばかりだというのに、体はすぐに新しい頂きを目指し始める。

「やっ……あっ！　ま、た……くっ、いっ――っ」

「いいよ。イって？」

根元までを収めたまま、ぐりぐりと腰を使われて、シアーシャの瞼の裏の小さな光が数と輝きを増した。それらが一つに集まり、閉じた瞼の中を覆いつくすように広がる。そして――

「ん、ぅ……ああ、あ……ん、ぅ――っ！」

切ないものが体の奥底から湧き上がり、彼女は全身をこわばらせ、白銀の髪に包まれた頭を大きくのけ反らせ、果てる。

わずかに遅れて、龍一郎もまた、白濁した欲望をシアーシャの最奥部にぶちまけたのだった。


翌朝。何時もより遅く目覚めたシアーシャは、昨夜の暴挙の名残を発見し、涙目になっていた。

「だから、あれほど申し上げましたのにっ」

まだ疲労の残る声で糾弾されて、龍一郎は素直に己の所業を詫びる。

「すみません、反省しています……」

都合五回。これまでの最高記録だ――何が、とは言うまでもないだろう。

あの後、ぐったりと脱力してしまったシアーシャを、胡坐を組んだ自分の上に後ろ向きに抱きかかえて一回。その後、ようやく寝台に移動して更に二回。

最後のほうになると、シアーシャの意識は朦朧としていて、よく覚えてはいないが、かすれ切った自分の声でおおよそのことは想像がついた。

それはいい――いや、よくはないのだが、それよりも問題なのは室内の惨状である。

ソファの前にはお茶が飲めるように、脚の短いテーブルが置かれていた。それがなぜか裏側を上にしてひっくり返っている。夢中になった龍一郎が無意識に押しやり、押しのけ、打ち倒してしまったようだ。敷かれていた小さめの絨毯には、べっとりと何かの液体が付着している。シアーシャと龍一郎のアレである。

そしてソファだ。座面ばかりか背もたれの部分にまで――あれほどシアーシャが気にして、予防措置まで施していたにもかかわらず、それが何の役にも立っていないことが判明した。

テーブルだけなら原状復帰は容易いが、布製品に関してはどうにもならない。

一晩放っておかれて、妙にカピカピとしたモノがしみ込んでいる絨毯とソファは、元が精緻な織り物であったため被害の度合いがよく分かる。これは何をどうしても廃棄以外に選択肢はない。

「リュー様のせいですからねっ」

「ごめんなさい……」

ちなみにこの後、シアーシャは滅多に使わない付属の自室に丸一日籠城した。

水すら口にしない断食付きの抗議に、龍一郎は平身低頭し、もう決してあのようなことはしないと固く誓わされたのだった。

第三章

召喚されて、早一月が経つころ。

最近、龍一郎の機嫌があまりよくないことにシアーシャは気がついていた。

彼女に対しては何時も通りの態度なので、自分が原因ではないのは分かっている。ならば他の要因が、と思いを巡らせて、思いついたのは今の彼が置かれている状況だ。

侯爵家の庶子として生まれたものの隠されるようにして育ち、十歳で神殿に入ったシアーシャは、それ以外の世界というものをほとんど知らない。

けれど、龍一郎は元の場所では自由に外を歩いていたはずだ。それが、今では神殿の奥深くに秘され、建物の外に出るのは『筋とれ』のための鍛錬場か、つい先日始まった馬術練習のための馬場くらいだ。

それでは『すとれす』も溜まるだろう——一月も共に暮らしたので、シアーシャも龍一郎がいた世界の言葉をいくつか覚えている。『すとれす』とは、他者からの行動や言動、己の置かれた環境その他により精神的、物理的圧迫を受けて不本意な緊張状態に置かれること、だったはずだ。

だから——

「リュー様。気分転換に外に行ってみてはいかがでしょう?」

何時ものように日課を終えて、部屋に二人きりになった後。思い切って、シアーシャはそんな提案をしてみた。

「外？　……それって、この神殿から出て、ってことかな？」

「はい」

本来であれば、召喚された勇者はその用意が整って、この国の王に謁見するまでは神殿預かりとされる。神殿にとってもこの国のためにも大事な勇者を、神殿が囲い込むのは当然で、外出の許可など下りるはずもない。

だが、堂々と外に出るのではなく、お忍びならばなんとかなるのではないだろうか。

そう考えてのことだったが、龍一郎は小さく笑ってその案を却下する。

「シアが俺のことを心配してくれるのは嬉しいけど、実際、そこまでストレスってわけじゃないんだ。あっちにいたころも、会社と自宅との往復で、あとは途中のコンビニ、たまにジムに寄るくらいだったし」

「そうなのですか……でも、でしたら……？」

「そんなにシアに気を遣わせるなんて、俺もまだまだだなぁ。でも、ほんとに大丈夫だよ。俺が不機嫌なのは、神殿の書庫で見つけたのが、ちょっと、ね――」

シアーシャたちがいるのは、この国ができた時代から存在するといわれている総本山的な神殿だ。庶民の家ならば数軒丸ごと入りそうな広大な書庫には、当然、はるか昔からの書物、記録が残されている。現代では難解な古語で書かれたものも多いのだが、『勇者チート』のある龍一郎は難なくそれを読み解けているらしい。

「ここのところ、スオウと魔法陣の改良をしてるだろ？　それで資料が欲しくて、書庫の閲覧許可もとってさ」

「はい」

龍一郎の行くところには、シアーシャも付き添う。こちらの世界に不慣れな勇者を補助するためだが、一月以上も経てばその役目もあまり出番がなくなっていた。それでも付き添う義務はあり、手持無沙汰でたたずむシアーシャに、龍一郎は何か暇つぶしを、と提案した。

それによって、ゴドーとの訓練（筋トレ）やスオヴァネンの講義（という名の共同研究）の折には、刺繍をしている。この国では、家族や親しい異性に、その無事を願って幸運の意匠を刺繍した小物を贈ることがよくあった。龍一郎の服はがちがちに保護や防御の魔法がかけられているため、おまじない程度の刺繍に意味はないだろうが、手巾程度であれば邪魔にもなるまい。

また、書庫での資料あさりのときには、シアーシャは少し離れたところで読書をしている。

神殿の書庫なので娯楽物はほとんどないが、過去の旅行記や各国の風土や慣習をまとめた本など、彼女でも興味を持って読めるものもある。つい夢中になってしまい、龍一郎に肩を叩かれるまで気がつかず、読みふけったこともあった。

けれど、そのことで龍一郎が不快な思いをしたのであれば、本末転倒も甚だしい。

「――ああ、違うって。シアは何も悪くない。でも、まだ見つけたばっかりで検証もできてないし、スオウからも口止めされたから、詳しいことは話せないんだ。ごめんね」

「いえ。リュー様がそう判断されたのであれば、私に異論はありません」

龍一郎の口からスオヴァネンの名前が出ることにも、すっかり慣れた。

二人で熱心に話し込んでいるのを見ても、今ではなんとも思わない。もし不愉快になるとすれば、『こちらでは絶対残業しない』と宣言した龍一郎を、毎回あの手この手で引き留めようとすることくらいだろう。

「ですが……どうか、危ないことだけはおやめになってくださいね」

「うん——と言っても、その危ないことをやるために俺はこっちに喚ばれたんだけどね」

笑ってそう言われ——シアーシャの胸がツキリと痛んだ。

こうして二人で神殿の中で過ごしていると忘れそうになるが、この後、龍一郎は『魔津波』を迎え撃たねばならない。

常人では手も足も出ない強力な魔物を相手に、この国と民を守って戦うのが勇者の役目だ。表向きには秘されているが、その過程で命を落とした者もいるという。

本心では止めたい。

けれど、それが許されることではないのも重々承知している。

シアーシャにできるのは、龍一郎に付き添うことだけだ。もしそれで、彼と最後を共にすることになったとしても——

「ああ。またそんな暗い顔して。大丈夫だって。俺だって、そうそう簡単にやられる気はないよ。そのためにスオウと研究もしてるんだし」

本当に龍一郎は、自分のことをよく見てくれていた。ほんのわずかな表情の変化も見落とさず、こうして優しい言葉をかけてくれる。

「だから、安心して。ね？」

「はい」

それ故に、シアーシャは自分にできること――龍一郎を信じてついていく、それを決して違えまいと思うのだ。

「それにしても、さ……シアは、俺がこっちに来て魔法があるって聞いて、しかも俺も使えるってなって。すごく楽しみにしてたの、知ってるよね？」

ぎこちなくなった雰囲気を変えようとしてか、龍一郎がそんな話題を振ってくる。

「はい、リュー様」

本人は隠そうとしていたようだが、魔法という言葉を聞く度に目を輝かせ、退屈な講義や魔力操作の基礎訓練にも、その力をふるうためだと真面目に取り組んでいた姿勢から丸分かりだった。

そして、ようやく実技にまでこぎつけて――待ちに待った『魔力の行使』で、ついやらかしてしまったことは、シアーシャの記憶に鮮明に刻まれている。

おかげで、たった一度で合格を貰い、今は魔法の講師でもあるスオヴァネンと、次なる階梯に進むための努力と訓練を進めている。と、表向きにはなっているのだが。

「こっちの世界――いや、この国だけなのかもしれないけど、どうにも魔法に関して頭が固いというか、発想に柔軟性がないというか……正直、停滞してる。いや、もしかしたら退化してるってＤのが俺の認識なんだよね」

「そうなのですか」

シアーシャの受けた教育は、貴族令嬢としての最低限のマナーと読み書き、くらいだ。それも十歳で神殿に入ってからは、教義や儀式のための講義は受けても、魔法についてのものは、自分に備(そな)わった回復魔法に関することのみである。

スオヴァネンが龍一郎に弟子入りするきっかけとなった魔法の実技の折の二人の会話も、ほとんど理解できなかった。

今、二人が研究しているものは、それを更に高度に、かつ複雑にしたものであるので、近くにいるため耳には入るものの、門外漢もいいところであるシアーシャには何かの呪文としか思えない。

そのせいで、当(あ)たり障(さわ)りのない相槌(あいづち)しか打てないのが残念だ。

しかし、そんなことは龍一郎も百も承知であるので、気にせず話を進めていく。

「うん、それでね。このところ、魔術――魔法陣について、今のをどうにかできないかって、スオウといろいろ試行錯誤してるのはシアも知ってるよね?」

「はい、リュー様」

龍一郎の魔力であれば、通常の魔法を用いるだけでも強力な効果が得られる。けれど、彼が相手にしなければならないのは『魔津波』だ。それは名前の通りに、大量の魔物が大波のように何度も繰り返し襲ってくるという恐ろしい代物(しろもの)である。いくら彼の魔力量が多くても、それらをすべて『魔法』で相手にするには不安が残るところだ。

故に、もっと大規模に威力を展開できる魔法陣が必須となる。

無論、そのことは神殿（国）も心得ており、そのための『魔法陣』も用意されていた——のだが。

「——なんだ、こりゃ？　この非効率な記述は、一体なんなんだよ？」

スオヴァネンにより、初めてその魔法陣を目にした龍一郎の第一声がそれだった。

驚いたことに、龍一郎は普通の文字が読めるだけではなく、魔術言語まで理解できてしまっていた。本人は「これも『勇者チート』だろう」と言っていたが、つくづく勇者というのは非常識の塊である。

それは、さておき。

「ちょっと見ただけでも、無駄が多すぎるのが丸分かりだ。なんで変数を入れるだけなのに、こんなに領域をとってるわけ？　代入命令にしても同じような記述を何度も繰り返してるし、マジでプログラミングを習いたての中学生でもこれよりはマシだぞ」

彼にとって魔法陣を構成する要素は『コンピューター』の『プログラム』として認識されるのだと言う。

「そもそも、ここ——これなんだよ？　『昼の空に浮かぶ光の御恵みを与えたる大いなる母』とかあるけど、他の記述からして、魔法を一発撃ちたいと、そういうことだよな？　なら、単純に『1』って入れりゃいいものを、どうしてこんなポエムな表現になるんだ？」

「ああ、それですか。実は、昨今——といっても、ここ二百年ほどのことだと言われてますが、魔法陣にどれだけ多くの魔術言語を盛り込めるかを競うような風潮がありまして……」

「はぁぁっ？」

「先ほど師匠が読み上げた部分は太陽を指してます。そして、太陽は一つしかない。つまり、そういうことです」

「……この国の魔術師はバカしかいないのか？」

「私もそう思います。ですが、魔術言語の数が多ければ多いほど、魔法巻物（スクロール）としたときに値段が上がるんですよ。そして、貴族の方々は魔法巻物（スクロール）が高ければ高いほどありがたがって買ってくださる。需要と供給が合致した結果じゃないかと、私は思ってます」

こんなものをお見せしてすみませんと、別にスオヴァネンが悪いわけではないのに、体を小さくして詫（わ）びていたのをシアーシャも見ていた。

「もしかすると、他のもこう、なのか？」

「はい。神殿で師匠のために用意されたのは、大体こんなものですね。まぁ、発動の練習用のはもう少し文字数が少ないですが」

神殿の威信をかけて集めたものだから、高価であるのは間違いない。そして、高価であるということは――

「訂正する。この国の魔術師も、それをありがたがる奴らも、みんなバカだ」

「心から同意いたします、師匠」

我が意を得たり、とばかりに同調するスオヴァネンも、この状況を腹に据（す）えかねていたのだろう。

「こんなものを俺に使わせる？　冗談じゃない。プログラマーとしての俺のプライドが許さん」

「おお！　で、では……？」

「改良するに決まってるだろ！　つか、改良くらいじゃ間に合わん。一からきっちり構成し直してやる」

「師匠っ！　私はどこまでもついていきますっ！」

スオヴァネンも、魔法陣の改良を考えなかったわけではない。けれど、魔法が得意な神官、というだけの彼には資金も知識も足りず、歯がみしながら現状に甘んじていたそうだ。

そこに現れたのが龍一郎である。喜ばないわけがなかった。

その結果、二人してスオヴァネンの研究室と書庫にこもることになったのである。


「……それで、さ――実用というか、大規模戦闘に使うにはまだまだなんだけど、ちょっとしたことに役に立ちそうなのはいくつかできた。で、シアにもちょっと協力してもらいたくて」

「私に、ですか？」

「うん」

龍一郎はなんでもないことのように言うが、シアーシャにとってはそうではない。

「で、ですが、申し上げた通り、私の魔力は弱くて……」

彼女の保有魔力は、平民に比べれば多いものの、貴族の平均値にも満たない程度だ。大量の魔力を必要とする魔法陣を起動できるとは、到底思えなかった。

「ああ。それなら大丈夫。これもスオウとの研究結果なんだけど、魔法陣ってさ、魔術言語の数が多いほど、魔力を食うみたいなんだよ」

「……は？」

「つまり、その数が少ないなら少ないほど、少しの魔力で起動できるってこと」

待ってほしい。

切実にそう思う。そんな話はシアーシャは聞いたことがない。

「魔力を効率よく使うための魔法陣なのに、発動に余分な魔力を使わせるってどうよ、って感じだよね。そんなわけで、シアも使えそうなのを作ってみたんだ。ちょっと、これ、見てくれる？」

そう言って龍一郎が取り出したのは、紙に円を描き、その中にまばらに魔術言語が書き込まれたものだ。

「実験だけど、危険はないはずだよ。まず、シアには光の球を作ってほしい。小さくていいし、保持時間もちょっとで構わないから」

はずだ、という言葉に少し引っ掛かりを覚えるが、龍一郎に協力できるのなら多少のことは覚悟の上だ。回復以外の魔法を使うのは久々だが、光属性の初歩の初歩ともいえる光の玉ならば問題ない。

シアーシャは集中して魔力を練り、右手を上げて、その掌の上に小さな光球を作り出す。

それはほんの数秒の間瞬いて、それから静かに消えていった。

「今使った魔力量、分かるね？」

「はい」

「じゃあ、今度はそれと同じだけの魔力をこの紙に注いでみてほしい。できるだけ均等に、この紙というか、円の上に被せる感じでね」

龍一郎はそう言うが、シアーシャが見る限り、紙は普通に使われているもののようだ。

いくら魔力を注ごうとも、魔法紙でもないものに書かれた魔法陣が発動するはずがない。そう思いながら、言われたように魔力を注ぐ。

「……え？」

魔力を注ぎ始めてすぐ、紙に描かれた円がふわりと光り、そこから拳大の光球が浮かび上がる。

だが、まだ先ほどの三分の一も魔力を注いではいない。

それなのに、その光はシアーシャの肘から先程度の高さまで上がり、ふわふわと十秒も漂っていたかと思うと、先ほどのように消えていく。

「やった！　成功だっ」

「は？　……な、何が……？」

喜ぶ龍一郎とは裏腹に、シアーシャにはまだ何がなんだか分からない。

発動するはずもない魔法陣に、自力で出したときよりも少ない魔力。なのに、大きく、光る時間も長かった光球——ありえない。

「リュー様……あの、一体……？」

「魔法陣に刻まれた魔術言語の数が多いほど、多くの魔力を必要とするってのは、さっき言ったよね。これって、陣を描き込んだ紙のほうにも言えるみたいなんだ。つまり、さ。バカ高い魔法紙と魔法インクが必要なのは、アホみたいに書き込んだ魔術言語の圧に耐えるためのもので、書かれる数が少ないなら、今みたいに普通の紙でもちゃんと発動するってこと」

「……え？　そんな……まさか？」

「これは、スオウの持論だったんだけど——魔法陣って言うのは、魔法を簡単に効率よく使うためのもののはずだ。なのに、今は大金と大量の魔力を必要とする。これって、おかしくない？」

龍一郎が言うには、スオヴァネンも自力で研究はしていたらしい。けれど、簡素化しようにも彼の知識では歯が立たなかった。

書かれた魔術言語を読み取るのと、それをきちんと発動するように書き直すのは全く別の問題である。単に文字数を減らせばいいというものでもなく、適切な部分を選択しなければならない。

結局、理論上そうなるはず、というだけで、実践には至っていなかった。

だが、そこに龍一郎が現れる。

「まぁ、俺も多少は苦労したけどね。まずは、あの変なポエム、あれに代わるものを探す必要があったんだけど、数字に当たるのが見つからなくて……」

龍一郎も魔術言語は読めるが、それはすでに書かれている文字が理解できるというだけだ。そうでないものは、まずはその字自体を探す必要があった。

そのため、書庫に籠(こも)っていたのだが、そこで発覚したのは、スオヴァネンは二百年前辺りから今のようになったと言っていたのに、実際にはそれよりもかなり前から同じような記述になっていたという事実である。

「二百年前のは、もう今のとほぼ同じだったよ。なんで、そこから更にさかのぼって、結局、お目当てのを見つけたのは五百年より前の地層からだったかな……」

文献に対して地層という言葉はそぐわないのだが、龍一郎からしてみれば、そう言うしかない状況だったそうだ。

膨大な年月の間に集積しまくった書物は、彼の知る図書館のように年代や項目別にきちんと仕分けをされておらず、雑に棚に詰め込まれ、それでも収まり切れないものは無造作にその辺りに積み上げられていた。

遠い目をする彼の様子に、お目当てのものを見つけ出すまでの苦労は並々ならぬものがあったのだとシアーシャも悟らざるを得ない。

「それで、やっと見つけた文字を組み入れて——俺とスオウでは上手くいったんだけど、シアはどうかな、ってことで協力してもらったんだ」

「そうだったのですね」

龍一郎は勿論、スオヴァネンも保有魔力が高い。それで、低出力のシアーシャという試験者を欲したのだろう。

「うん。で、ここからが本題だ」

彼がそう言って、もう一枚の紙を差し出してくる。やはり簡素化された魔法陣が描かれていた。

「これを見て、覚えてほしい」

「これを……ですか？」

先ほどのものよりは、文字数が増えているが、やはりシアーシャの知る魔法陣に比べれば格段に少ない。

「いいかい？　この字が光を表してる。で、こっちが『癒せ』って命令ね。そして、ここが出力と範囲を指定していて――」

そうして、一つ一つを指さしながら説明されるうちに、シアーシャにもそれが何か理解できた。

「リュー様っ！　もしや、これは……」

「回復魔法の魔法陣だよ」

「そんなもの、聞いたこともありませんっ」

魔法陣は攻撃用、というのがシアーシャの知る常識だ。

「だろうね。これも失われた技術ってやつみたいだ……まったく、この国の人間って何を考えてるのか分からないよ。いくら普通の魔法でも回復できるからって言っても、それなりに魔力が必要になってくるだろう？　そんな人間が必ずしも都合よく怪我人が出たところにいるわけじゃないんだから、こっちの技術こそ注意深く伝える必要があっただろうに」

龍一郎の言葉に、けれどシアーシャには、その理由が分かる気がした。

ただ、それを口にするより早く、龍一郎が先を続ける。

「掘り出したやつでもまだ無駄が多かったんで、全力で削りまくって、でも効果は落とさないように……苦労したけど、低出力でもちゃんと発動するのは確認済みだよ」

そこまで言われれば、シアーシャもその先に続く言葉が分かる。

「もしや……これは私のため、ですか？」

「シアのためでもあるし、俺のためでもある、かな」

「リュー様のため？」

「……この先、俺は魔津波に立ち向かう。その時、シアも当然、俺の近くにいるよね？　勿論、俺が全力で守るつもりだけど、実際の現場ではどんなアクシデントがあるか分からない。シアと離れ離れになるかもしれないだろ。だから、そんなときのためにこれともう一個あるんだけど、最低その二つを覚えてほしい。そうしてくれたら、俺も少しは安心できるし」

「覚える？」

「うん。今の魔法陣がすべて紙に書かれてるのは、それがあまりにも複雑だからだ。でも、これくらいならシアも暗記できるんじゃない？」

シアーシャに魔術言語は読めないが、それでも単なる記号として記憶するのは可能だろう。龍一郎に文字の意味を教えてもらえれば、更に容易くなるはずだ。

そして、紙という媒体なしで魔法陣が使えるようになるのなら――

「リュー様！　私……頑張りますっ。少しでもリュー様のお役に立てるようにっ」

「ありがとう。でも、無理はしなくていいよ。シアを守るのは俺の権利だし、シアが俺のそばにいてくれるだけで、俺はすごく救われてるんだから」

義務ではなく、権利だ、と。

そう言い切ってくれる龍一郎のためにも、なんとしてでもやり遂げたい。

それは、誰かに命じられたからではなく、流されるようにして漠然と求めたのでもなく、シアーシャにとって生まれて初めて、自発的に明確な何かを成すことを強く欲した瞬間だった。

◇　◇　◇

そうして、シアーシャが暗記に取り組み、龍一郎が更なる魔法陣の改良に心血を注ぐ日々が続いていたある日。

何時ものように朝食を終え、二人並んで二代目のソファに座り、本日の予定を確認し合っていたときに、それは訪れた。

部屋の扉をノックする音が響き、こちらが返事をする前にガチャリと開けられる。

驚いてそちらを見ると、神官服に身を包んだ男性と、その側近らしい数人がどやどやと室内に入り込んできた。先頭の男性の神官衣には金糸で刺繍が縫い留められており、高位の神官——司教であることが分かる。

それを確認したシアーシャは慌てて立ち上がり、ソファの背に回りそこで待機の姿勢に入った。

対して、龍一郎は不機嫌そうに闖入者たちに目をやるが、立ち上がろうとはしない。

そんな彼に、司教も腹立たしげな視線を向けるが、それについては言及せず、厳かに告げた。

「教皇猊下が、勇者殿とその侶伴にお会いになります」

その瞬間、来るべきものが来たことをシアーシャは悟らざるを得ない。

「ふぅん。それで、何時？」

「……今日、これからです」

「えらい急だな。まぁ、いいけど」

龍一郎の受け答えに、彼女は青くなる。

司教といえば、この国に十人しかいない高位の聖職者だ。シアーシャからしてみれば、雲の上の存在である。

その彼に向かって、座ったまま立ち上がりもせず、ぞんざいな言葉で対応したとなれば、咎められないはずがない。

現に、側近が色を作し、龍一郎に食って掛かる。

「勇者殿！　司教台下に対し、無礼でありましょうっ」

けれど、それにも龍一郎は顔色一つ変えない。

「無礼？　だったら、ノックして返事もないのに、ずけずけと人の部屋に入り込んで、言いたいことだけ言い放つってのは無礼じゃないのか？」

「それ、は……しかし、司教台下に向かってその態度は」

「そんなこと言われても、名乗られてもないんだから、誰が相手なんだか俺に分かるわけないだろ」

即座に反論され、側近は言葉に詰まる。

「礼儀正しい人には礼儀正しくするよ。無礼な奴が来たんで、無礼で返しただけ――ってことで別に問題はないだろ？　それより、今から行くんだろ？　さっさとしようよ」

そんな彼を尻目に、龍一郎は淡々と己の態度の理由を説明し、強引に話を終わらせた。

シアーシャがそっと窺い見ると、言い返された側近は顔を真っ赤にしてまだ何か言いたそうにしている。それを止めたのは他ならぬ司教だった。

「……勇者殿には、ご無礼の段、お詫び申し上げます。司教の座を頂いております、ヴァロキアと申します。御同行を快く受けてくださり、感謝いたします」

やや口調を変え、詫びの言葉を口にしながら、軽く頭を下げる。

「謝罪を受け入れよう――こちらこそ、お忙しいでしょうに、わざわざのお出迎えありがとう、司教殿」

それに対する龍一郎も、今度はソファから立ち上がり、こちらもまた丁寧な言葉遣いに変えて対応した。が、どちらもほとんど舞台のセリフまがいの棒読みで、本心でないことはシアーシャにも分かる。

リュー様、と声をかけたいのだが、侶伴でありはしてもただの巫女でしかない彼女に、この場での発言権はない。

心配で見つめることしかできないでいると、立ち上がった龍一郎がこちらを向き、手を差し伸べてきた。その折に、一瞬、シアーシャにだけ見えるように、悪戯っぽい表情で片目を瞑る。

ただそれだけのことなのだが、急な教皇からの呼び出しと、それに続いた物騒なやり取りに委縮していたシアーシャの気持ちは驚くほど楽になり、素直にその手を取ることができた。

神殿の長い廊下を、ひとまとまりになって移動する。

先頭を司教が歩き、その後ろに龍一郎とシアーシャが並び、それを司教の側近が取り囲んで、という順番だ。勇者である龍一郎（とシアーシャ）を守るような位置取りだが、見方によっては逃亡させないために取り囲んでいるともとれる——おそらくは、後者で正解なのだ。

シアーシャがそっと龍一郎を窺い見ると、皮肉げな笑みがその口元に浮かんでいた。

全員無言のまま石造りの廊下に足音だけが響く道中は、一際豪奢な扉の前で終わり、そこでようやく司教が口を開く。

「どうぞお入りください、勇者殿」

脇に控えていた神官が、その言葉で恭しく扉を開いたそここそが、教皇の御座所だ。

シアーシャも初めて入る場所である。

高い天井には、この国の建国の神話が描かれており、ところどころにある明り取りの窓は、見事なステンドグラスで覆われていた。柱や梁のすべてに精緻な彫刻が施され、壁には金糸銀糸を織り込んだタペストリーがかけられて——天井の宗教画を除けば、王座の間と言ったほうがいいほどの贅を尽くした部屋だ。

その部屋の最も奥まったところに、これまた豪華な椅子が置かれており、そこに座っているのがこの部屋の主に相違ない。

オーモンド王国教会教皇エードルンド二世。

すでに在位は三十年に及び、その権力と影響力は神殿内にとどまらず、政の中心である王宮にまで及ぶ。

司教の案内で、内部へ進んだ龍一郎とシアーシャが部屋の中ほどで止まると、そこで初めて教皇から声がかかった。

「ようこそ、勇者殿。召喚の儀以来ですな」

司教以下のシアーシャも含んだ聖職者は、床に膝をつき頭を下げて敬意を表す。立っているのは龍一郎だけだ。

「久しくお目にかかりませなんだが、元気な御様子で安堵いたしました。こちらの生活が御身に合っていたということでしょうな」

「久しぶり、と俺も言いたいところだけど、申し訳ない。あのときは頭が朦朧としていてよく覚えてないんだ。念のために聞くけど、貴方が教皇様で間違いないかな？」

「なんと、これは失礼を……確かに私がこの国で教皇を務めさせていただいております。名を、エードルンドと申します」

「失礼な質問をして申し訳ない。どうぞよろしく、エードルンド教皇猊下」

許しがないためにまだ頭を上げられず俯いたままのシアーシャは、内心冷や汗をかきながら二人の会話を聞いていた。

教皇は好々爺のような朗らかな口調で話しかけており、龍一郎もそつなく返している。だが、それが『教皇猊下』に対するのにふさわしい口調かと言われれば否だ。教皇のほうが丁寧な口調で話しているなどありえない。

そっとシアーシャが窺うと、ここまで二人を連れてきた司教も、俯いたまま赤いのか青いのか分からない顔をしていた。

けれど、やはり何もできないままに、胃の痛くなるような会話がそれからもいくつか続く。

「ところで、教皇猊下。俺の侶伴がまだ顔を上げられないでいるんだが……」

「おお、これはこれは。勇者殿にお会いできた喜びでうっかりしておりました。皆さん、お立ちなさい」

ようやく許しを得てシアーシャは顔を上げ、そこで初めて教皇の顔を正面から見た。

十五年も神殿で暮らしてはいたが、彼女がこれほど教皇に近づいたのは初めて——いや、召喚の儀のことを含めれば二回目だ。ただ、あのときは巫女たちの後ろに控えており、距離ももっとあった。それ以外といえば、遠目に幾度か見かけたことがあるだけだ。

齢七十を超えているはずだが、驚くほど肌に張りがある。わずかに白髪の交じった濃い金髪は、強い光属性の表れだ。彫りの深い顔立ちの中で煌々と光る琥珀色の瞳は、強い意思を表しているようだった。

ここ数代の裡で最大の切れ者との評判も高く、神殿内の噂に疎いシアーシャでさえ、それを聞いたことがある。

「……ほう。こちらが勇者殿の侶伴ですな。名は……確か、シアーシャ、と？」

まだ直答が許されていないので、シアーシャは膝を折り礼をすることで返事に代えた。

「侶伴は勇者殿によくお仕えしておりますかな？」

「ええ。とても助かっている。もう彼女なしの人生は考えられないほどに」

「それはようございました」

雲の上の上にいる存在の口から自分の名前が出ることに、いたたまれない思いになる。物心ついたときから叩き込まれた階級意識が為せる業だ。龍一郎がどこまでも平常を崩さないのは、彼のいた世界には階級そのものがなかったからだろう。

「ところで、わざわざ足をお運びいただいたのは、今後のことについて、です」

ついに話が本題に入り、シアーシャはひそかに体を硬くする。

龍一郎はといえば、教皇の言葉に軽く頷くことで同意を示し、次の言葉を待つ態勢だ。

「方々からの報告を鑑みますに、勇者殿の御準備はほぼ整ったと判断いたしましたが、いかがですかな？」

「どの程度で合格になるのか分からないが、そちらが必要とするものは一通り学ばせてもらったと思う」

「それは重畳。実は王宮より、小規模ではありますが、魔津波の予兆があるとの報告がありましてな。勇者殿の出征を求めたいとの要請も、です」

「俺がこちら喚ばれたのはそのためだからな。当然の要求だろう」

彼が言葉少なに答えると、教皇が我が意を得たりとばかりに笑う。

「同意が頂けて安堵いたしました。では、早速、その旨を王宮にも伝えましょう」

「ちなみにだけど、時期は？」

「発生の予測は五日後、場所はここより二日の距離と聞いておりますな。多少の余裕も必要と存じますので、ここを発つのは明後日辺りでいかがでしょう？」

二日後に出立、五日後に初の実戦と聞いても、龍一郎の態度は揺るがない。

「俺にも多少の心の準備が必要だし、いいんじゃないかな。ただ――」

「いかがされましたか？」

「いや、ちょっと貴方に会えたら頼みたいことがあったんだ」

「ほう……？」

龍一郎がそう言った途端、教皇の目に剣呑な光が宿ったようにシアーシャには思えた。けれど、それはすぐに消え去り、教皇はにこやかな表情で訊ねる。

「それはどのようなことでしょう？　私にできることならよいのですが……？」

「大したことじゃない……と思うんだが、どちらにせよ、今すぐってわけじゃない。俺が無事に戻ってきてからの話で十分だ」

「では、そのときを楽しみにしております。お時間を頂き、お礼申し上げます」

「こちらこそ。忙しい中で、時間を割いてもらい感謝を」

そうお互いが告げ合って、これで謁見は終了らしい。

こちらに来るときの案内役だった司教の側近が、二人に退出を促す。司教自身はここに残り教皇に近寄っていくのを見るに、二人で何やら話があるのだろう。

龍一郎とシアーシャは来たのと同じ道順を通り、無事に自室までたどり着く。

そこで、礼をとって踵を返そうとする側近に、今度は龍一郎から声をかけた。

「これから少し、出征の準備のために時間を取りたいんだ。なので、スオウ……じゃない、えっと」

「スオヴァネン様、です」

案の定、またも名前を忘れている龍一郎をシアーシャはさりげなく補う。

「——その彼に、今日は予定を変更して午後からにしてもらいたいと伝えてほしい」

「……承りました」

下級の神官のように使い走りさせられるのが腹立たしいのか、側近はむっとした顔つきになるが、それでも頷く。それを確認し、彼が退出した後できっちりと扉を閉めて、やっと龍一郎が大きく息を吐いた。

「リュー様……」

「大丈夫だよ。ちょっと驚きはしたけど、スオウからの情報でそろそろだろうとは思ってたし——あと、やっぱり、名前聞かれなかったのにはこっそり笑った。って、ちょっと待ってて」

シアーシャの呼びかけに安心させるように微笑んでから、何時もよりも早い口調でそう言い——途中で止める。

少し待つように身振りで伝えてきた。シアーシャが何をするのかと見守っていると、扉の前まで近づいた龍一郎の胸の辺りに淡い光を宿した魔法陣が浮かび上がる。しばしその場で光っていたかと思うと、それは扉に吸い込まれるようにして消えていく。

「リュー様？」

「もう大丈夫。今のでこの部屋の中での話は外に漏れなくなった」

その言葉の意味が頭にしみ込むまで、シアーシャには一拍の時間が必要だった。

「ごめんよ、シアがおびえると思って内緒にしてた。実際のところ、本当に盗聴されてるのかは分からないけど、念には念をね。何せ、毎日みたいに家探しされてると、どうしても疑い深くなっちゃってさ」

「盗聴？　……家探し？」

今の今まで、シアーシャはそんなことを考えたこともなかった。なぜなら、ここは神殿だからだ。神殿とは神に捧げられたもの。そこに籍を置くのは、私心なく神に仕え、国を守るために祈るべき者たちだ。

無論、これは理想論であり、現実とは異なる。神殿にあっても俗世の欲を捨てきれない者もいるだろうし、生身の人であるならそれも致し方のないことだ。

それでも、越えてはならない一線というものは存在している。神が遣わした勇者に対して、それこそ万が一にもあってはならないことが行われていたと知るのは、シアーシャにとってゆるぎないと信じていた足元が、ガラガラと崩れ落ちていくようなことだった。

「ごめん。本当はもっと穏便な形で知らせるつもりだったんだけど……」

けれど、彼女が茫然自失の状態にいたのは、ほんのわずかな間だけだ。

「……リュー様。どうか、そのようにおっしゃらないでください」

自己憐憫に浸るのは容易い。だが、シアーシャは龍一郎の侶伴だ。

「確かに驚きはしましたが……神殿の者に成り代わり、私からお詫びいたします。リュー様に対して、そのような所業に及んでいたなど。気づけなかった私も同罪です。本当に申し訳ありません」

侶伴としての務め、いや、龍一郎を支えると決めたからには、自分の悲しみよりも、彼が感じたであろう不信感や不快な気持ちに対して、まずは詫びるのが先だった。

だが――

「シアは何も悪くない。教えなかったのは俺の勝手な判断だし、あいつらが何をしようともシアが関係してないのは分かってる。ついでに言えば、元々、どうせこんなもんだろうって……ああ。でも、俺、今のシアにはさすがに驚いたかも？」

「……リュー様？」

「強くなったなぁ――って、まるでシアの親みたいだな、俺」

責められるとばかり思っていたのが、まるで反対の反応に戸惑う。それに、自分が『強く』なったというのは、一体どういうことなのか。

「シアは、あんな……って言うと、アレだけど、それでも神殿を信じてたんだよね。なのにそれを裏切られて、混乱して。でも、その自分を後回しにして、俺のことを気遣ってくれた。悲しいのを我慢したわけじゃなくて、一旦脇に置いて、俺を優先することを選んでくれた。そのことがすごく嬉しいし、シアがそんなふうな選択ができるくらい強くなってくれたのに驚いたんだよ」

「……私が、強い……？」

シアーシャ自身が気づかなかった心の動きが、龍一郎の言葉で明確になっていく。

だからこそ、不思議で仕方がない。なぜ、そこまで自分のことが分かるのか？　もしや、勇者にはそんな特別な力が備わってでもいるのだろうか？

「違うって。単に俺がシアのことが好きで、シアのことをずっと見てたから分かっただけだよ。最初は、一目見て、俺が守ってやらないとダメだって感じるくらいに弱々しく見えたのに、こんなに強くなってくれて、嬉しいやら寂しいやら」

微苦笑しながら言われる。一体、龍一郎は自分をどうしたいのか。知れば知るほど、心が惹かれていくのを止められない。もうこれ以上好きになどなれないと思っていたのに、まだその先がある。

「リュー様……」

思いの丈は、容易く言葉にできるものではなく、ただその名を呼ぶことしかできない。

そのことも、やはり龍一郎には筒抜けなのだろう。

部屋に入ったきりで、まだ扉近くで立ち話をしていた状態だったのを、シアーシャの手を取りソファに並んで座らせる。

期せずして、闖入者がやってくる前と同じになったのだが、会話の続きではなくそっと抱きしめられた。

「ちょっと、落ち着くまでこうしていようか」

その心遣いが嬉しい半面、棚上げしていた感情が舞い戻ってきて、ぽろり、と一粒の涙がシアーシャの頬を伝う。龍一郎は、それを言葉にして慰めることも、勿論、咎めることもせず、なだめるようにそっとシアーシャの背を叩き、抱きしめる腕に更に力をこめる。

布越しに伝わる温もりと、龍一郎の胸の鼓動に、知らずこわばっていた体の力が抜けた。

「シアがデレてくれた」

デレる、とは好きな相手に甘えて素直になることだったはずだ。なら、自分は今、龍一郎に甘えているのだろう。適齢期をはるかに超えて、もう娘とも言い難い年齢の自分を、こうして愛し、守り、甘えさせてくれる存在がある。この他に一体、何が必要だろうか。

「……ありがとうございます、リュー様」

「うん。謝られるより、そっちのほうがずっといい」

感情はずいぶんと落ち着いてきてはいたものの、この温もりを離しがたく、シアーシャはもうしばらくの間、ソファの上で、黙って抱きしめ合っていた。


「――まぁ、それでさ。最初に気がついたのは、スオウと例の研究を始めてすぐぐらいだったかな。俺が気がついたのがその時点だから、もしかしたらもっと前からあれこれ探られていたのかもしれないけどね」

シアーシャが落ち着いたのを見計らって、龍一郎が言う。彼の話が飛ぶのは何時ものことで、シアーシャは少し考えて、先ほどの家探し云々のことだと思い当たった。

「求められれば、その都度、私が答えておりましたのに……」

侶伴は勇者を補助するための存在であり、決して神殿の監視者ではない。故に、定期的な報告の義務はないが、勇者の様子を尋ねられれば答えるくらいはする。

「それじゃ物足りなかったんだろう。そもそも、シアは俺たちの研究についてほとんど知らなかったんだし」

異世界の知識を持つ龍一郎と、その道に生涯を捧げる勢いのスオヴァネンの会話など、門外漢のシアーシャに理解できるはずもない。

「スオウのほうもあれこれ聞かれてたみたいだけど、あいつが素直に白状するわけないしね」

侶伴であるシアーシャとは異なり、スオヴァネンは完全に神殿側に立つべき立場のはずだ。けれど、そうしなかったのは、龍一郎と何か合意に達していたのか、あるいは長年の冷遇に対する不満もあったのかもしれない。

「面白かったよ？　カムフラージュに今風の魔法陣にもちょっと手を加えて――文字数は三割増し、けど効果は一割も増えてないようなのを作ってさ。スオウの部屋の棚の奥にしまい込んどいたら、翌朝にはなくなってたって。本命のほうはその辺に無造作に置いといたんだけど、そっちには目もくれなかったらしい。練習用とでも思ったんだろうな」

今でさえ高価な魔法紙と魔法インクを必要とするのに、その三割増し。なのに、威力は心持ち増えた程度。掛かる費用に比べてそれでは、割りが合わないのも甚だしい。

それでも大喜びする様子が目に浮かぶようで、シアーシャは小さく噴き出した。

「……やっぱりシアは笑顔が一番似合うなぁ」

「リュー様ったら……っ」

今は真面目な話の時間のはずです。そう言うと、素直にごめんと謝ってくれる。

彼はシアーシャが赤い顔をしていることは見逃してくれたようだ。

「俺は持ち帰り残業なんてする気がないんで、ここを探しても何も出ないんだけどね。例外はシアに渡したやつだけだし」

「リュー様がおっしゃられたように、肌身離さず持ち歩いて、覚えたら焼却しています」

「うん。それでいい。それと、盗聴に関してだけど。こっちは証拠があるわけじゃないけど、やりかねないってことで、念のためね」

できれば、龍一郎の杞憂であってほしい。そうでなければ、恥ずかしさで死んでしまうかもしれない。

「でも、魔法陣で盗み聞きを防ぐことまでできるなんて……」

「ほんと、俺もそう思うよ。構文——文字の組み合わせ次第で、ほとんど無限に可能性が広がる。確かに魔術言語を習得するのはこっちの人には大変なんだろうけど、だからと言ってなんで攻撃特化になったんだか……」

龍一郎のその疑問に、シアーシャは一つ、参考になるかもしれない事実を口にする。

「それなのですが、リュー様は討伐に失敗した勇者様の話はお聞きになりましたか？」

「……いや。そういうことがあった、ってだけだな。詳しいことは聞かされてない。シアの知っている話を教えてくれるかな？」

勇者本人に、失敗した同朋の話を伏せるのはありえることだ。シアーシャも、こうして必要になるまでは口に出す気はなかった。

「私も詳しいことは存じませんが、今から数百年は前のことだと聞いております」

侶伴に対する戒めとして教えられたそれ――その勇者は、やはり十代の少年だったそうだ。

当時はまだ侶伴という仕組みができておらず、代わりに数名の巫女と神官がその教育と補佐を受け持っていたらしい。その代の勇者は戦意が高く、様々な訓練を自ら希望し、そのいずれにも優秀な結果を残し、神殿も国も大いに期待をしていた。

魔津波が発生した際は、果敢にそれに立ち向かい、序盤、中盤と難なく制圧。そして、終盤に入り、これまでにないほどの大規模なそれが押し寄せた。すると彼は健闘もむなしく、付き従った者たちともども、果ててしまう。

「その後、残された者たちは勇者様を亡くした穴を埋めるべく、懸命に戦い抜いたそうです。国中から戦士や騎士が駆けつけ、魔術師も総動員され、数多くの魔法巻物が作られ消費され――一時はこのまま国が滅んでしまうのではないかとも言われたようです」

「それが原因で、戦闘特化になったって？」

「私には判断できませんが、今のリュー様のお話をお聞きして、もしや、と……」

「……その話、もう少し正確に時代が分かる？」

龍一郎は眉間にしわを寄せて考え込み、やがて口を開く。

「確か、三代目の勇者様、と聞いたような……」

「三代目、か……それで、他にそんな失敗した勇者の話はあるのかな？」

「いいえ。私が教えられたのは、その代の勇者様についてだけです」

「なるほど、ね。ありがとう、これでなんとなく繋がった」

「と、おっしゃいますと？」

「書庫で魔術言語を調べるついでに、過去の勇者についてもちょっと漁ってみたんだ。それで、記録が不自然に少ない代があるのに気がついた。それが三代目と、五代目だ。三代目が途中で亡くなったのならその少なさも分かるけど、だったら、なんで五代目についても似た状況なんだろうな？」

　龍一郎の言葉の意味するものに思い当たり、シアーシャの顔色が悪くなる。

「……まさか、そんな……」

　神殿から与えられた情報は、三代目についてのみだ。もう一人いたとは、聞いた覚えがない。けれど、龍一郎が暴き出したことが事実だとすれば――勇者召喚が凡そ百年に一度ならば、五代目の勇者の失敗は、魔法陣の用途が変化していった年代的にも合致する。そして、二度もせっかくの勇者が失敗したとなれば、神殿の威信にもかかわってくる。

　年代的に前の――大昔、こんなことがあったというお伽噺じみた教訓として、古いほうだけが残され、もう片方はその出来事自体を抹消された可能性が大だ。

「神殿が書いた記録の他に、勇者のメモ――覚書みたいなのや、日記なんかも見つけた。全員の分じゃないけど、それを差し引いても記述が少なすぎるのがあってさ。それが三代目と五代目で。その共通点ってなんだろう、って疑問に思ってたわけなんだけど……」

そう言って、龍一郎は目を閉じ、少しの間、黙り込む。

過去に、志半ばで散った同朋に、祈りを捧げているのかもしれない。

不用意に声をかけるわけにはいかず、ただ見守っていたシアーシャだが、やがて目を開いた龍一郎の表情は、何時もの彼のそれだった。

「ごめんな。話があっちこっち行って。俺の悪い癖なんだ」

「いえ、そんな……」

「胸糞の悪い話はこれで終わりだ。それより、今は優先しなくちゃならないことが山ほどある。スオウが来たらまた書庫に行くつもりなんだけど……」

「お供いたします」

シアーシャは躊躇うことなく答える。

勇者の隣にいるのが侶伴だ。そこが書庫であろうと、魔獣がうごめく魔の森であろうとも。

第四章

　龍一郎とシアーシャの出立の日。空は見事に晴れ渡り、心地のいい風が居並ぶ人々の間を吹き抜けていた。

　場所は神殿の前庭だ。信徒を集めた説法の場として用いられるため、それなりの広さがある。

　足元には石畳が敷き詰められており、一段高くなった神殿の建物の正面から、階が長く伸びている。その最上段にやや広めの空間がとられており、二人はそこに並んで立っていた。

「そういや、今って春なんだっけ」

　視線は正面に据えたまま、龍一郎が小さな声で話しかけてくる。

「リュー様はずっと神殿に籠っておられましたから……」

　シアーシャも同じくしながら、やはり小声で返す。

　オーモンド王国にも四季はある。が、龍一郎の故郷のそれに比べれば、ずいぶんと穏やかなもののようだ。

　夏といっても暑熱に苦しめられるのはほんの一瞬で、冬も滅多なことでは大雪にはならない。

　比較的春と秋が長く、魔の森を除いては平地が多い。つまり、農耕や牧畜に適している土地柄だ。

　そんなところで何百年、何千年もこの国が続いているのは、天然の要害ともなる平地をぐるりと囲む山脈と、それらの利点から差し引いても採算割れにしかならない『魔津波』のおかげだろう。

「そういう意味では、この国って魔津波に感謝しないといけないんじゃないか？」

「……リュー様」

そんな龍一郎の物言いにも慣れたシアーシャは、内心では複雑ながらも同意できる部分もあるなと考える。とりあえず名前を呼ぶことで窘めた。大勢の兵士や騎士、神殿のお歴々がいる前で口にすることではない。たとえそれが聞こえているのが、隣にいるシアーシャだけだとしてもだ。

「――王国の雄々しき兵士、名誉ある騎士たちよ。ついにそなたらが魔の森に挑むときが来た！　だが、恐るるなかれ。我らには心強い味方がいる！　はるか昔、我らの偉大なる先達と共に、この国の礎を築いた勇者が、今また降臨されたのだ！」

そんな二人の前に立ち、眼下の者たちに声を限りに檄を飛ばしているのは、この国の王が遣わした魔津波討伐騎士団――略して魔津波騎士団の団長である。

伯爵位を持つベッツリーと名乗った団長と、龍一郎が顔を合わせたのは昨日の夜だ。そこで挨拶もそこそこに打ち合わせに入った団長は、この式典、ひいては魔津波討伐に並々ならぬ熱意を持って望んでいるようだ。

「さぁ、勇者殿っ！」

その団長に呼ばれ、龍一郎が一歩前に出る。

事前の打合せ通りに、言葉は発せず、龍一郎がただ右手を上げると、それだけで怒涛のような歓声が湧き上がった。

「……体育会系ばっかりかよ」

彼はほとんど口を動かさず呟くという器用な真似をしているが、一応、その顔は真面目そのものだ。その呟きを誰かが聞き咎めないかと、シアーシャはハラハラし通しだ。

だが、興奮している者たちの気持ちが分からないでもない。

今日の龍一郎のいで立ちは、黒と銀を基調とした上下に、やはり黒のブーツ。その上から、表は黒、裏は真紅のローブを羽織っている。そのどれもが、神殿が全力で作り上げた勇者専用の装備だ。

この国では、黒は勇者を象徴する色とされ、それを身にまとう龍一郎の髪や目も漆黒。背が高く、魔法を主軸に置いた戦闘を予定しているために剣を佩いてはいないが、魔術師によくあるひょろりとした体形ではなく、『筋とれ』とやらのおかげで胸板の厚みもそれなりにある。まさに長きにわたって伝えられてきた勇者以外の何者でもない。

「勇者様っ！」

「勇者様っ、万歳っ」

「我らの救世主よっ！」

あちらこちらからそんな声が上がり、それが波紋のように広がっていく。

「ついでにサクラ付きかい……」

だから、何度も言うが、ぼそりと呟くのはやめてほしい。あちらの言葉で、何を意味するのか理解できないまでも、あまりいい意味を持つものではないことは、シアーシャにも龍一郎の様子から察せられるのだ。

ただそのおかげで、普通であればこんな場所にいきなり引き出されたら、ガチガチに緊張し立っているのもやっとなはずの自分なのに、不思議なほど肩の力が抜け、龍一郎を咎（とが）める余裕まである。もしかすると、彼はわざとそうしているのかもしれないが――うっかり本音が漏れているのだとも、シアーシャには分かっていた。

勇者をたたえる歓声は、その後も長く続いたが、やがて幾分収まりを見せ始めたのを機に、団長が叫ぶ。

「全員、騎乗！」

その声で、傍（かたわ）らに控えさせた馬に騎士たちがひらりと飛び乗った。

「勇者殿、それに侶伴殿もどうぞ」

階（きざはし）の下には立派な馬車が用意されており、団長に促（うなが）され、龍一郎と共にシアーシャもそれに乗り込む。

「では、出立（しゅったつ）！」

くるりと馬首を返した騎士団が、大きく開け放たれた門に向かって見事な整列のまま歩み出し、その中央辺りに二人の乗る馬車が交じる。徒歩の兵士たちは、この後、幌馬車（ほろばしゃ）に十数人がまとめて乗り、騎馬の後を追うのだ。その他、糧食や武器を積んだ荷馬車もあり――龍一郎の初陣（ういじん）は、錚々（そうそう）たる隊列をもって見送られることとなった。

◇　◇　◇

「――驚きました。まさかスオヴァネン様もいらっしゃっていたなんて」

乗り込んだ馬車には、龍一郎とシアーシャの他、もう一人の同乗者がいた。

灰色の髪と赤紫の瞳を持つ、中肉中背、ついでに中年の神官である。

「侶伴殿には事後承諾で申し訳ありません。ですが、師匠の初陣ですよ？　私もお供したいに決まってます！」

つくづく、初対面のときとは印象が――いや、人となりまで変わったように思える。

魔法陣の研究、そしてその改良が、彼の悲願であったのはシアーシャも知っていた。いくら望もうとも実現することのなかった状況が、龍一郎の登場で劇的に変わったのだから、それも当たり前かもしれない。ただ、その何割かは龍一郎からの影響ではないか、とも思っていた。

「自分も携わった新魔法陣の効果をどうしても見たい、って俺に泣きついてくるから、仕方なくね。俺としては、シアと二人のほうがよかったんだけど……」

「師匠と侶伴殿の邪魔をする気はございません！　私は空気とでも思い、ご存分にいちゃいちゃなさってください！」

「できるかっ！　俺はともかく、シアが嫌がるだろっ」

では、シアーシャが同意するなら、彼の目の前でいちゃつくつもりなのだろうか？　冗談ではない。絶対に承知などしないと、彼女は固く決意する。

そして、もう一人。シアーシャも知る人物が、この遠征には加わっていた。


午前中の早い時間に出発した一行は、昼食や小休止を入れつつ、日暮れになるころに一つの町にたどり着いた。今夜はここで一泊、明日の夜は野営となり、三日目に魔の森付近——魔津波が予想される地点へ到着する予定である。

ただ、まだ道半ばだというのに、慣れない馬車での移動により、町に到着したときには、シアーシャは勿論、龍一郎もかなりの疲労を溜めていた。

馬車自体に乗りなれないのに加えて、木製の車輪は接地面の凸凹を、直接、乗っている者たちに伝える。下から突き上げてくるような揺れと、左右に揺さぶられる揺れは、それだけで体力を削りにかかってくる。

「油圧のサスをつけろとか無茶は言わない。けど、せめて木製の板バネくらいはあっていいんじゃないか？　それか、もう少し椅子のクッションを考えるとか……」

やっと馬車から降りられるとなったときには、辟易した顔で龍一郎がぼやく。

内容はともかくその気持ちはよく分かる。シアーシャも、馬車から降りてしばらくは、地面が揺れているような錯覚に悩まされた。

「師匠。その『さす』や木製の板バネとはなんでしょう？」

「……今は、それを説明する気力がないから、またな」

意外にも、一番元気なのはスオヴァネンだった。彼が言うには、馬車の揺れに体を合わせるのが疲れないコツなのだそうだが、二人がその境地に至れるのはかなり先になりそうだ。

中継地点となる町はそこそこの大きさで、用意されていた宿屋もそれなりの格式を持つものらしい。龍一郎とシアーシャ、それにスオヴァネンもそこに案内された。

龍一郎とシアーシャが同室となるのは、当たり前のこととして誰からも異論は上がらなかったが、ここでもう一人の存在が明らかになる。

疲れ切り、ひたすら寝台を恋しく思いながら、あてがわれた自室に向かったその先で、見知った顔を発見したのは龍一郎が最初だった。

「……なんでゴドーさんがいるんですか?」

まるで警護するように扉の前に立っていたのは、薄い茶の髪に、水色の瞳を持つ堂々たる偉丈夫(いじょうふ)――龍一郎の剣術の指南役で、『筋とれ』仲間のゴドーである。

「私は勇者殿の指南役ですので当然です」

「いや、でも……ゴドーさんは神殿関係者でしょう?」

出征した時点で勇者は王宮の指揮下に置かれる、というのがこの国の決まりだ。住まうのは神殿のままだが、以後は神殿より王宮の意向が優先されるということである。現に龍一郎に付き従う兵士や騎士は、すべて王宮から遣わされたものだ。

スオヴァネンという例外もいるが、これは龍一郎が特に願って――泣き落としに音(ね)を上げて、ともいう――随行員に加えてもらったものである。

「種明かしをするなら、実は私は元々、王宮の騎士でございまして。特命により、神殿に出向いておりました」

「へぇ……」

疲労もあってか、つい気の抜けた返事をする龍一郎には構わず、ゴドーが先を続ける。

「そのため、勇者殿への訓練期間が終わった後は、そのまま護衛として付き従えるよう願いました。実は我が家は、四代目の勇者が初代となっておりまして。その御縁もあり、希望が通りここにまかり越した次第です」

「……は？　何それ、俺、初耳なんだけど？」

「勇者殿にはお話ししておりませんでしたので」

けれど、あっさりと爆弾発言を投げつけるゴドーに、疲れのあまりに死んだ目になっていた龍一郎が目を剥く。

「……ちょっと待って。立ち話もなんだから、とりあえず中に入ろう。シアも構わないよな？」

「はい、リュー様」

護衛の自分が……と渋るゴドーを追い立てるようにして室内に入り、そこで話の続きが始まった。

「……四代目ってことは後藤慎之介さん？　ゴドーさんって、もしかして、本当は後藤さんってことか？」

「よくご存じでいらっしゃいますな。初代はそのように呼ばれていたということです」

龍一郎が、累代の勇者の名を知っているのは不思議ではない。それは書庫漁りに付き合ったシアーシャもよく分かっている。ただし、神殿の書庫に残されている記録は勇者がそこを出るまでについてのものだ。

魔津波を乗り切り、正式に王宮から叙勲と叙爵を済ませてそこを出た後の記述はないため、その後のことは知るすべがなかったのだが。

「まだ家が……血が残ってたのか」

四代目といえば、今から六百年は昔のことである。龍一郎が驚くのも無理はない。

「と、申しましても、初代よりずいぶんと爵位を落とし、今はしがない子爵家です――我が家に言い伝えられております話によれば、初代から数えて三代目の折に五人目の勇者殿が召喚されたそうです。しかし、その折の魔津波がこれまでになく大規模なもので、当時の勇者殿に獅子奮迅のお働きを頂いても、被害は甚大。そのときに魔の森の近くであった我が領地も荒れに荒れ、その後の世代を重ねても到底、元通りにはなれず、今の有様となっておりますな。家に伝わっていた初代の遺品やその他のものも、その折に失われて、残っているのはわずかな口伝だけです」

語られる内容は悲惨だが、ゴドーの口調に陰りはない。彼にしてみれば、はるか昔の先祖だ。思い入れはあっても、それが自身の感情に直結はしないのだろう。

そして、五代目の勇者召喚の折に、ということは、龍一郎が探り当てた事実と合致する。

「……そうだったのか。それにしても、なんでそんな大事なことを……」

「勇者殿にお教えいただく『かがくてきとれーにんぐ』とやらが面白……いえ、実に為になることばかりで、夢中になるあまりに、つい失念しておりました」

「もしかして、ゴドーさんって実は脳筋だった、とか？」

「その言葉は存じませんが、初代から伝わる我が家の家訓には『戦士たるものは単純たるべし、筋肉を尊ぶべし』とございます」

「まさかの代々の脳筋家系……クレバーそうなゴドーさんの外見に騙されてた……」

龍一郎が何やら衝撃を受けているが、シアーシャにしてみれば、見知った顔があるのは心強い。

「でも、本当にいいんですか？　俺が言うのもなんだけど、命がけの仕事です。俺とは違って、ゴドーさんには家族がいらっしゃるだろうし」

「初代と同じ勇者殿に付き従えるのは望外の喜び。家族に関しましては、私に妻はおりません。これより娶る予定もございませんので、この出征に臨むにあたり、子爵家は分家の一人に後を継がせました。何より、勇者殿御自身がおっしゃったではありませんか。自分は魔法一筋に進むため、剣は私に任せる、と」

「確かに、そうは言ったけど……」

さすがの龍一郎も、剣術の鍛錬から逃れるための、その場しのぎのでまかせだとは言い出せない。

「――ですので、私のことは御自身の剣、盾とお思いください。それと、過分にもこれまでは名ばかりの指南役とはいえ、丁重なお言葉遣いを頂いておりましたが、これよりは御無用に願います。私のこともゴドーと呼び捨てていただければ、と存じます」

ゴドーはすでに覚悟を決めている。貴族として最優先すべき『家』すらも、人に譲ってきたと言うのだから、その決意を疑う要素は何もない。そして、そうまで言われて、無下にできる龍一郎ではないこともシアーシャは知っていた。

「分かった……だったら、俺のことは『スダ』と呼んでくれ。これからもよろしく頼む。ゴドー」

これまでに龍一郎が、自分の名を呼ぶことを許したのはシアーシャだけだが、この日、そこにゴドーも加わった。蛇足ながら、スオヴァネンには『師匠』呼びを許しているので、これに準ずる扱いだ。

「承りました――どうぞ、スダ殿と侶伴殿の守りは、この私めにお任せください！」

「忘れられているようですが、私もいるのですが……」

「……ついでに、このスオウもその中に入れてくれればありがたい」

後に、龍一郎が『何時の間にかパーティ組むことになってるんだがっ？　ほんとにここって、ゲームの世界じゃないんだよな？』と、一人でこっそりと絶叫していたのはシアーシャだけが聞いていた。


二日目も前日と同じような行程をたどり、太陽が西に傾き始めたころにたどり着いたのは、はるか遠くに黒々とした森の見える、開けた場所だった。

「あれが魔の森か……」

――余談ではあるが、一晩寝ただけでは疲労が抜けず、久しぶりにシアーシャの回復魔法が活躍した。それに加えて、龍一郎が突貫で描き上げた『乗り心地をマシにする』魔法陣の効果もあり、昨日よりはまともな状態で旅ができている。

「予定よりも幾分遅れはしましたが、明日の昼には予定されている地点まで着けるでしょう。念のため、その少し手前に拠点を築きます」

「拠点、って言ってもなぁ……」

龍一郎がゴドーと話をしつつ、小さくため息をつく。

傍らでは、野営のための天幕が張られ始めていた。

中でも一際大きく豪奢なそれは、龍一郎とシアーシャのために用意されたものだ。近くに少し小さめのものもあり、こちらは龍一郎の護衛であるゴドーと、補助魔術師として参加したスオヴァネンが使用する。

「どうせ、あれをもう一度組み立てるだけだろ？　そのどこに防衛力があるのか教えてほしいんだが？」

「森の手前には、昔からの防壁が作られています。拠点のそばにも、防塁を設置いたします」

「で、それで魔津波がしのげるのか？　……いや、悪い。ゴドーに当たっても仕方ない」

龍一郎とシアーシャ、それにスオヴァネンは馬車で移動するが、ゴドーはその脇で騎乗して護衛の任に就いていた。ガタガタと揺れる馬車内では会話もままならず、外にいるゴドーとはなおさらだ。畢竟、休止のときか、到着時にしか話はできない。

龍一郎としては、シアーシャやスオヴァネンがこういったことについては全く明るくないのもあり、ゴドーと話したいことが多いのだろうが、それにしても……

「スダ殿は、戦のない世界から来られたと伺っております。しかし、その割には戦場にお詳しく思えますが、なぜでしょう？」

「国盗りシミュレーションとかもやってたからかもな——まぁ、とりあえず、甘く見てかかってるのだけは理解した。ちなみにだけど、あの連中、魔物相手の実戦経験とかはあるのか？」

龍一郎が『あの連中』と呼ぶのは、きらびやかな甲冑を身にまとった騎士たちだ。

「今回の団長は、確実にあります。その他は私のように領地が魔の森に接している者なら、それなりに経験はあるでしょうが……」

語尾を濁したのは、それ以外の者については分からないということだ。もしかすると、経験など皆無ということとも考えられる。

「マジでなめてるな。国家存亡の危機だろうに」

「今回は小規模と聞いておりますし、何より勇者殿の初陣です。名誉ある任務ですし……」

「つまり、実績目当てで参加して最終的には俺——勇者頼みってことか」

そこで、もう一つ、大きなため息をついた後、あきらめたように龍一郎が呟く。

「仕方ないか……どのみち、俺としても大して期待はしてなかったしな。多少でも経験者がいるってだけで儲けものか」

「私は、どこまでもお供いたします」

「ゴドーのことは信頼してるよ」

そんな話をしている間にも設営は着々と進んでおり、龍一郎のための天幕も、すでに中に入れるようだ。

「とにかく今夜のところは休んで、明日、また考えよう」

「はい。では失礼いたします」

ゴドーに続いて、スオヴァネンも隣り合う天幕に消えると、龍一郎は珍しく、もう一度ため息をついた。

天幕に入るのは彼とシアーシャだけで、『勇者殿の御身回りのお世話』という名目でついてこようとした者はすべて龍一郎が拒んだ。

これは昨夜の宿でも同じで、伝説の勇者に少しでも近づきたい思惑がある騎士たちは不満そうだったが、『俺は自分のことくらい自分でできる。それに、俺の侶伴もいる。他の人間の手は必要ない』と、あくまでも突っぱねられ、それ以上のごり押しはできなかった。

「……リュー様」

中に入っても、龍一郎が不機嫌なのはそのままだ。シアーシャの前でそんな態度をとり続けること自体が珍しい。だが、記憶を振り返ってみると、彼の不機嫌は神殿での出立式からそうであったようにシアーシャには思われた。

「何かお心に憂いがあられるなら、どうか話してはいただけませんか？」

おずおずと切り出した彼女に、龍一郎は一瞬、目を見開き——その後、困った顔で訊ね返す。

「……参ったな、そんなに顔に出てる？」

「お顔というより……なんとなく、です」

神殿や王宮が絡む案件で、彼が不機嫌になることは今までもあった。けれど、ほんの少しだけ、違和感がある。

何時もより、眉間のしわが深い。きつい物言いをすることはこれまでもありはしたが、その棘が鋭く感じられる。黙り込んで考え込む時間が長い。

どれもこれも、些細なことだ。気のせいとして見逃してしまうような。初めて魔津波に立ち向かうにあたり、緊張しているのだと言われれば納得してしまうかもしれないほどの。

けれど、誰よりも近くにいたシアーシャには、今の龍一郎の様子はそれだけではないように思われた。

「シアには隠せないかぁ……嬉しいような、悔しいような……」

そう言いながら、龍一郎はシアーシャの手を取り、据え付けられている簡易寝台の上に彼女と並んで座る。

すでに夕食は皆と済ませていたが、枕元の小テーブルに置かれた葡萄酒のボトルに手を伸ばした。

普段はあまり飲まない龍一郎にしては珍しい行動だ。よほど話しづらいことなのだろう。

シアーシャにも三分の一ほどワインの注がれたコップが渡される。彼女は素直に受け取った。三口も飲めば真っ赤になってしまうため、龍一郎以上に酒には手を出さないのだが、黙って形ばかり口をつける。その隣では、龍一郎が早くも一杯目を飲み干し、二杯目を注いでいた。

それもまた、ほとんど一息で喉へ流し込み、今日、何度目になるのか分からない深いため息をつく。

「この際というか、ここまで来ちゃったし正直なところをぶっちゃけるとさ……怖いんだよ、俺」

思いがけない告白に、シアーシャは目を瞠る。

それには構わず、短い沈黙を挟んで、龍一郎は言葉を続けた。もしかすると、返事を期待していない――あるいは、聞きたくなかったのかもしれない。

「俺のいたところでは戦争はないって、話したよね。実際には遠くの国ではそういうことが起きていても、俺の国では長いことなかったってことなんだけど。つまり、さ。俺は、何かの命を奪うってことをやったことがないんだ。それこそ、魚さえ自分で捌いたこともないのに、本当に魔物なんかと戦えるのか、って。今更なんだけど、怖くなってきた……」

それは、龍一郎が初めて吐いた弱音、だった。

これまで怒りや愚痴、不満は口にしても、自分の弱さを見せたことは一度もない。

突然召喚され、見知らぬ世界に身一つで放り出されても、飄々とした態度を崩さず、その都度都度に的確な判断を下し、決して妥協することなく――これまでの年若い勇者たちの中には、泣き、喚き、時に挫折に膝をつく者も多々あったと神殿には伝わっている。それを助け、補うのが侶伴という存在であるのだとも。

けれど、龍一郎には知識面での補完こそ必要ではあったものの、精神面でシアーシャのできることはほとんどなかった。

ない、と今までは思っていた。

「――シアも、まさか俺がこんなこと言い出すとは思わなかっただろうけど……軽蔑した？」

前者については同意するが、後者については――

「いいえ、リュー様」

できるだけ、自分に可能な限り、きっぱりとした意思を乗せてそう答える。

「戦事(いくさごと)については私は全くの無知です。そんな私の言葉では、説得力がないかもしれませんが、それでも、申し上げます——怖いのは当たり前なのではありませんか？」

「シア……？」

名前を呼んで絶句する、というのはシアーシャの十八番(おはこ)ではなかったか。なのに今は、まるで立場が逆だ。

「誰だって、それが、たとえ勇者であろうと、初めてのことは怖くて当然だと思います。むしろ、それを率直に認めているリュー様は、勇気があると私は思います」

「勇気？　……こんなビビりまくってる俺に？」

「私が知る神の教えの中に『目を背(そむ)けたくなるものに正面から向かい合うことこそが尊い』とあります。こちらの神の御言葉ですので、リュー様はお気に召さないかもしれませんが……」

年も経験も、自分より上の龍一郎に、シアーシャが語れることはあまり多くはない。それでもこの気持ち、思いを伝えるために経典を引用してみたのだが、それが通じているのかどうか。不安が浮かぶのを振り切り、言葉を続ける。

「リュー様がお心の内を教えてくださったので、私も申し上げますね。実のところ、私は、今、初めて『魔津波が怖い』と感じました」

「……シア？」

「おかしいでしょう？　私はリュー様のように魔津波に立ち向かう術を持ちません。教えてくださった魔法陣の力があっても、たった一匹の魔物にさえ太刀打ちできないでしょう。でも、不安はあっても恐怖はありませんでした。だって……」

龍一郎がいるから。

無意識ながらも、龍一郎がいさえすれば何もかもが上手くいく、なんの根拠もなくそう思い込んでいた。何かあれば、自分も力の限りを尽くすつもりだった。それが自身の死に直結するかもしれないという可能性も覚悟した――けれど、それは『もしも』であり『万が一』である。

龍一郎がいてくれれば、きっとなんとかなる。それは無責任な他人が考えることだ。

侶伴の、シアーシャの思っていいことでは決してない。

「リュー様が怖いとおっしゃられて、初めて私も怖くなりました。そうなるかもしれないことから目を背け、自分が逃げたこと自体に気がついてもおりませんでした」

自分の浅慮が情けなくなるが、それでも恥を忍んで言った。

「リュー様は、御自分の中の怖れを認めても、それから逃げようとはしてはいない。懸命に踏みとどまっていらっしゃる。それは、勇気がなければできないことなのではありませんか？」

「……逃げようにも逃げられないだろ」

そうして戻ってきた主語の曖昧な呟きに、彼女は疑問形で返す。

「それは、魔津波からですか？　それとも――御自身の心から、ですか？」

「そんなの決まって……ああ……そっか……」

簡素な寝台に腰を下ろし、背を丸めて両手でつかんだ空のコップに目線を据(す)えたままシアーシャの語る言葉を聞いていた龍一郎の体から、そのとき、ふっと力が抜ける。

「……逃げられないよなぁ、そりゃ」

その言葉が諦念(ていねん)なのか、もっと他の何かなのか……確かめることなく、シアーシャはそっと龍一郎の背中を抱きしめた。期せずして、それは出征を告げられた日の彼女と龍一郎の立場を逆にした行為となる。

「それに、リュー様は一人ではありません。リュー様にはゴドー様とスオヴァネン様という御味方がいらっしゃいます。王宮からの騎士様たちもいらっしゃいます。それに、頼りないということは重々承知しておりますが、私もです。私と、それにあのお二方は、どこまでもリュー様についていきます。ずっと、ずっとおそばにおりますから……」

覚悟を決めたと思っていたが、実は全くと言っていいほどそれができていないことが露呈(ろてい)した。けれど、今は――怖い、と思いながらも、いや、思ったからこそ、もう一度、それを固く心に誓う。

ゴドーとスオヴァネンに直接確かめたわけではないが、きっと間違ってはいない。

どんな絶望的な事態になろうとも、今の自分とあの二人だけは絶対に龍一郎の傍(かたわ)らを離れないと言い切れた。

龍一郎は黙ったままだ。そして、シアーシャもそれ以上、言葉を重ねることはせず、身動き一つしない彼の体に回した腕に、ただ力をこめる。

いつしか深更(しんこう)となり、寝台の上に並んで横たわった後も、交わす言葉もなく、抱き合ったまま。

そうやって、その日の夜は過ぎていった。


そして、魔津波の発生が予測された当日の朝。

起床の合図である銅鑼の音でシアーシャが目を覚ましたとき、隣には誰もいなかった。

彼女は慌てて起きる。結局、昨夜は着替えもせずに寝てしまった。おかげで着ていた衣はしわだらけで、急いで替えの衣に着替える。

着替えがある——そもそも寝間着まで用意されているのが稀有なことだと教えられてはいたが、龍一郎の初陣にその伴侶があまりにみっともない姿では格好がつかない。そう言い訳をしつつ、昨夜のうちに用意されていた手水を使い、龍一郎を探しに行こうと出口に向かうのとほぼ同時に、その本人が入ってきた。

「リュー様っ」

「おはよう、シア。起こしに来たけど、ちょっと遅かったかな？」

口調も表情も、何時も通りの龍一郎だ。少しだけ目が赤い気がするが、それはきっとシアーシャの見間違いだろう。

「朝食にはもう少しかかるってさ。それが終わったら出発だ。それについて、ちょっと外で話してきたんだけど——」

予定よりもやや遅れが出た分、騎馬と龍一郎たちのみで先行する。歩兵は輜重隊と共にここを片付けた後、もっと魔の森に近い場所での再度の設営と、防塁の建設に携わることになった、云々。

昨夜のことについて、龍一郎は何も言わない。

それでいい。

彼の中で何が起こっていようが、自分が――シアーシャが龍一郎のそばにいることには、何ら変わりはないのだから。

◇◇◇

初めて近くから眺める魔の森は、ここに至る行程で見てきた他の森とどことい って異なるものがないように シアーシャには思えた。

けれど、隣に立つ龍一郎には、彼女に見えていなかったものが見えたようだ。

「……なんだ、あれ？　なんか赤茶色の……？」

「お分かりになりますか？　魔力が強いほうが見えやすいと聞いておりますが……」

シアーシャにスオヴァネン、ゴドー。それに加えて、今は魔津波騎士団の団長も近くにいる。

『――鈴木さんだから、ベルツリー。それがなまってベッツリーか。分かりやすいんだか分かりにくいんだか……まぁ、ゴドーも何時の間にか濁点が付いてたし、こっちの人が発音しやすいようにそうなったんだろうな』

『我が家の開祖の名をご存じとは思いませんでした。生憎と、初代につきましてはあまり詳しいことは残っておりません。それと、ゴドーとは見習い時代からの知己で、できることなら私が勇者殿の師範となりたかったのですが……』

龍一郎がこちらに来て間もなくのころに聞いた、勇者の子孫である南の伯爵家というのは、実はこのベッツリー団長の家のことらしい。腹を割って話せば、なかなかの好男子だ、と龍一郎も認めた。出立式の折にあれほど熱意を燃やしていたのも、祖先と同じ勇者の晴れの初陣にあたり、ほんの小さな瑕疵も許すまいとしてのことのようだ。

『ゴドーも人が悪い。そうならそうと、早くから教えてくれたらよかったのに』

『すっかりと失念しておりました。申し訳ない』

『はぁ……ゴドーだし、仕方ないか……』

類は友を呼ぶというが、この団長が彼と同じ『脳筋』ではないことを切に祈った龍一郎だった。

「森の少し奥のほうの上空……赤茶の靄が見えるな」

「あれが赤に変わると、魔物があふれ出す合図だそうです」

龍一郎の視線をたどってみるが、彼らに比べて魔力が少ないためか、シアーシャには何も見えない。ほんの少し、その辺りの青空が色を変えているような気がしないでもないが、その程度だ。

「意外と分かりやすいんだな」

「かつて、王国ができる前にこの地に住まっていた者たちは、あれが見えると皆、家を捨てて山の奥へ逃げていたそうです」

「山って言っても、かなりの距離があるだろうに……」

この国をぐるりと囲む山脈は、ここからかなり遠くにある。百年に一度とはいえ、それまでに築き上げた家も財も、すべてを打ち捨ててそんなところまで逃げないとならなかったはるか昔の人々の苦労がしのばれた。

「あの山のあちこちで、彼らが避難所としていた痕跡が見つかることがあります。さすがに今ではそこまでは致しません。この辺りは、平和なときは、近隣の村の放牧場となっております」

「確かに、遊ばせておくにはもったいないな」

魔の森を視野に入れさえしなければ、広い平地に草が生(お)い茂(しげ)るのどかな風景だ。あちこちに馬や牛、羊などがのんびりと草をはむ光景を想像するのは容易(たやす)い。

「魔津波以外にも、たまに森から魔物が現れることがあり、そのための石の防壁もありますが……」

「正直、気休め、ってことか」

「おっしゃる通りです」

そんな会話を龍一郎と交わしている最中も、団長のもとにはひっきりなしに伝令が訪れ、短い指示を受けてはまた戻っていく。そうこうするうちに、騎士たちの隊列が前に出て、歩兵は後ろで厚い壁を作り、魔を迎え撃つ準備が着々と整っていった。

「まずは、我が騎士団が初波を受け止めます」

「最初から俺が出なくていいのか？」

「戦況によってはお手を煩(わずら)わせることになるかと思いますが、我らは魔津波討伐騎士団です。すべてを勇者殿にお任せしたとあっては、面目が立ちません」

きっぱりと言い切り――だが、その後、声を落として囁く。

「ただ……そうは申しましても、これが初陣の者もおります。お見苦しいものをお見せすることになるやもしれませんが、それについては御容赦を」

「……なんとなく察した。苦労してるんだな」

最後の会話の意味が取れず、小首を傾げているシアーシャに、横からそっとスオヴァネンが教えてくれた。

「おそらくですが、身分とか立場とかでごり押しされて、渋々加えざるを得なかった人がいるようですね」

「ごり押し、ですか？」

「師匠の初陣ですから――そこに名を連ねるだけでも名誉なことですし」

スオヴァネンはシアーシャと同じく、戦いに関しては全くの素人だが、神殿に長くいる分、そういったことの知識があるのだろう。そういえば、昨日、龍一郎もゴドーと似たようなことを話していた。しかし、それにしても……

「死ぬかもしれないのに……」

「そういったことは考えてなかったんでしょうね。師匠がいらっしゃいますから。ですが、ほら、よく見たら、分かりませんか？」

促されて、騎士の隊列に目をやる。すると、漠然と眺めるだけでは気がつけなかったことが、シアーシャにも見えてきた。

最前列に並ぶ騎士は、誰もが視線を魔の森にしっかりと据え、騎乗する馬も身動き一つしない。それに対して、後方、左右の端辺りに配置された者はといえば、きょろきょろとせわしなく視線を動かし、馬も乗り手の気持ちが伝わるのか、神経質に足踏みをしている。

「そろそろ身に染みて理解できてきたんじゃないですかね。ここがどこかってことが」

そう言ってスオヴァネンは嗤うが、シアーシャはそれに同調する気にはなれなかった。程度の差こそあれ、彼らは昨夜までの自分と同じなのだから。

「……スオヴァネン様は、怖くはないのですか？」

思い切って訊ねてみると、当たり前のことを話す口調で返事が戻る。

「え？　私ですか？　そりゃ怖いですよ。一応、遺書めいたものも書いてきましたしね」

でも、とスオヴァネンは言う。

「私が長年求めてやまなかったものを、師匠が与えてくれました。そして、共に臨んでくださった。その成果をこの目で見られるのなら、私の命なんて安いものです」

これが学究の徒というものなのだろうか。そう言い切るスオヴァネンの心情は、シアーシャには計り知れない。だが、その覚悟だけは伝わった。

命を賭してでも叶えたい何かがあるのなら、それはきっと、根の部分ではシアーシャと同じなのだろう。

「そうは言っても、できれば生きて最後まで見届けたいですよね。ですから——頑張りましょう」

笑顔で言われ、彼女も今の精一杯のそれを返す。

「はい」

終わった後、またこうして彼と――そして龍一郎と笑い合いたいと願いながら。

けれど、そんなシアーシャの思いとは別に、唐突に『それ』はやってきた。

「……赤になった」

魔の森の上空に視線を据えたままだった龍一郎が、ぽつりと呟く。

その声に急いでシアーシャもそちらに目をやる。魔力の少ない彼女の目にも、その部分の空だけがまるで夕焼けに染まったようになっているのが分かった。

「総員、戦闘準備っ！」

団長の声に、馬上の騎士たちが盾を構え直し、腰に佩く剣に手を添える。

「弓兵前進！」

シアーシャたちの背後にいた歩兵部隊の一部が一斉に走り寄ってきて、騎士たちとの間に入ると、斜め前方――魔の森に向けてきりきりと弓を引き絞った。

「まだ放つなよっ」

団長の視線もまた、森と平原の境界に向けられたまま。そんな緊張状態が、どれほど続いただろうか。

ざわり、と。

言いようのない不快感、体中が総毛だつような圧迫感が、シアーシャを襲う。

発生源は、間違いなく目の前の森だ。

けれど、まだ、何ら変化は見えない——そう思った瞬間、森が動いた。

否。実際にはそうとしか見えない勢いで、大量の魔物があふれ出したのだ。

「放てっ！」

団長の号令一下、大量の矢がその群れに降り注ぐ。二射、三射と続き、その矢に射貫かれ魔物が倒れ伏す。

けれど、その勢いは止まらない。迫りくる数があまりに多く、矢で倒されたのはその中のほんの一部でしかないのだ。

途中にあった石造りの防壁は、わずかにその速度を減じさせることしかできなかった。元々がシアーシャの胸の辺りまでの高さしかなく、魔物はそれを乗り越え、飛び越え、迫ってくる。

「掃射、やめっ！　騎士団、突撃っ！」

見る見るうちに魔物とこちらの距離が詰まり、同士討ちを避けるために新たな命令を団長が叫ぶ。

騎士たちはスラリと抜剣し、刃を日の光にきらめかせ、咆哮を上げて馬を進めていく。

「……鬼小人と狗頭ですね。弱いですが、群れを組む性質があるので、その点では厄介な魔物です」

そうシアーシャに教えてくれるスオヴァネンの声は、平静を装いながらもわずかに震えていた。

騎馬一体となった彼らが動く度に、剣がひらめき、血しぶきが上がる。時折、魔法のきらめきも見えることから、攻撃魔法の持ち主もいるようだ。

その魔法や、一刀のもとに絶命する魔物も多いが、時折それをかいくぐり、肉薄してくるものもいる。

「うわぁっ！　た、助けてっ」

右手から悲鳴が上がり、そちらを見ると、馬の脚をよじ登り、騎士の体にとりついた魔物がいた。武器等は持っていないが、その牙は鋭い。金属製の鎧（よろい）には歯が立たずとも、目の前でそれを見るのは恐怖でしかない。

「動くなっ！　手元がくるうっ」

「うわっ、うわぁあああっ」

すぐに近くにいた騎士が助けに向かうが、混乱し、むやみやたらと馬を走らせ剣を振り回す彼に手を出しかねている。

かと思えば、棒立ちになったまま、まるで動けない騎士もいた。

「……馬鹿者どもが……」

忌々（いまいま）しげに呟（つぶや）く団長の声が聞こえた気もするが――シアーシャは、ただ、見ていることしかできない。

この国に生まれた者は、それこそ物心がついたときから魔津波の怖さを教えられる。繰り返し語られるその話は、それが如何（いか）に恐ろしく、並の人間では到底太刀打（たちう）ちできない脅威であるかを心に刻みつけた。だからこそ、それから救ってくれる勇者と、その彼に協力する騎士団は尊敬の対象となるのだ。

シアーシャもその例に漏れず、幼いころに母から聞かされ、神殿に入ってからも詳しく教えられた。

だが、それはあくまでも聞いた話だ。

実際に目にする光景は、想像していたものよりもずっとずっと恐ろしい。しかも、これはまだ序盤。出てくるのは、比較的弱い魔物ばかりだというのに。

「シア。念のために防御を」

「っ！」

恐ろしさに全身が凍り付き、思考が停止した彼女は、悲鳴を上げることさえできずにいた。けれど、その声だけは、なぜか鮮明に意識に届く。

金縛りが解けたように、隣に立つ龍一郎を仰ぎ見る。顎が震えるほどきつく歯を食いしばり、眉間にくっきりとしわを寄せて戦況を見つめる彼の顔があった。

「シアとスオウに。俺とゴドーは出る」

行かないで、とは口が裂けても言えない。けれど、ついていく、とも告げることができない。

今のシアーシャの状態では、足手まといになるのは明白だ。

ならば、できるのは龍一郎の指示に従い、少しでも彼の負担を減らすことだけだ。

心を奮い立たせ、落ち着かせるために深く呼吸する。

できるはずだ。できなければならない。必死で暗記し、何度も練習してきたのは、このときのためなのだから。

龍一郎から教えられた魔法陣を心に浮かべる。

覚えの悪いシアーシャのために、龍一郎は何度も何度も辛抱強く教えてくれた。この文字は効果、この文字列が範囲と強度、出力の調整、そしてそれらを実行するための構文――

発動するために声を出す必要はないが、そうすることでやりやすくなるならどちらでも構わない。そう言われていたため、シアーシャは自分で選んだ。

「防御幕」

胸の前辺り――何もない中空に浮かび上がった魔法陣に魔力を流すのと同時に、ふわり、と自分とスオヴァネンの周りの空気が変わるのが分かった。

「上出来だ――それじゃ、行ってくる」

安心させるように笑って告げる龍一郎の顔色が、今更ながらに青いのが分かる。

たった一晩で己の中の怯懦を完全に克服するのは難しいはずだ。それでも、龍一郎は逃げずに、前に足を進める。

「……どうか御無事で」

祈りのような呟きが、龍一郎に届いたのかどうかは分からない。ただ、彼と共に歩み出したゴドーが、一瞬、こちらを向き、任せろとでも言うように、一つ自分の胸を叩いてみせた。

「勇者が出る！　前を開けろっ」

団長の叫びに、騎士団の列が左右に分かれていく。

元々が前方に配置され、そこから更に前進して戦っていたために、まだ龍一郎と魔物との間には距離があった。けれど、騎士という障害物がなくなれば、その距離もすぐに縮まる。

見る見るうちに差し迫ってくる魔物の群れに、たまらずシアーシャは小さな悲鳴を上げた。

そのとき、龍一郎が前方にかざした手から、数えきれないほどの火球がそれらに向かって飛ぶ。着弾したところに大きな火柱が上がった。

「まずは小手調べ、といったところですね」

「これで、ですか?」

隣で待機しているスオヴァネンの言葉に、シアーシャは自分の耳を疑う。

騎士団も奮戦していたが、それでもまだ半分近くの魔物が残っていたはずだ。それがまるで冗談のように、数を減らしていく。

「あれは、まだ普通の魔法です。それでもとんでもない威力ですけど」

言われてみれば、確かに龍一郎のいる付近からは、魔法陣特有のきらめきは見えない。ならば、本当に『魔法』のみで、この成果を上げているということだ。

「そんな……でも……」

龍一郎の魔力がそれだけすごいということなのだが、シアーシャとしては、できればもっと――もっと威力の高い魔法陣を用いたほうが、安全で確実だろうと思う。

「侶伴殿の気持ちも分かりますが、もう少し、見ていてください」

龍一郎による魔法攻撃のおかげで、残りの魔物はほぼ滅したようだ。討ち漏らしたものは騎士団が、恐慌に陥(おちい)りあらぬ方向へ逃げるものについては歩兵が、追いかけ討ち取る。

しばらくすると味方以外に動くものはいなくなり、これで、やっと……と、シアーシャが安堵のため息をついたときだ。

「気を抜くなっ！　第二波が来るっ」

団長の叱咤の声が飛び、同時にまたもあの違和感と圧迫感が森からあふれ出す。

「あの森の上の靄。あれがなくならない限り、何度でも出てきます。だから魔『津波』と呼ばれてるんですよ」

「そんなっ！」

赤い靄――シアーシャには夕暮れ時の空の色に見える部分は、先ほどよりも小さくなりはしたが、それでもまだ厳然として森の上にある。

「隊列を戻せ！　弓兵、再度前にっ！　負傷者は後ろに下がらせろっ」

その指示に、騎士たちは忙しく隊列を組み直す。だが、それが完全に終わる前に再度、魔物が姿を現した。

「掃射っ」

先ほどと同じく、矢が降り注ぎ、その後で騎馬が突進を繰り返す。救いなのは、第一波よりも二波のほうが規模が小さいことだ。

すでに前に出ていた龍一郎とゴドーにも、何時の間にか馬が与えられ、そのせいで騎士に紛れて、シアーシャからは判別しがたくなっていた。

「大丈夫ですよ、師匠は馬の腕もなかなかです」

心配なのはそこではないのだが、シアーシャにそれを訂正する余裕はない。

彼女は食い入るように、白銀の鎧（よろい）の間に時たま見える『黒』を探す。

戦況は騎士団に有利に見えるが、何しろ相手の数が多い。際限もなく湧き出してくる新たな魔物に騎士の疲労が溜まり、ついにあちらこちらから戦列を離れる者が現れ始めた。

このままでは、物量に押し切られる可能性が出てくる。

「下がれっ！　俺の前に出るなっ！」

そのとき、探し求めていた人の声が耳に届き、シアーシャは反射的にそちらに目をやった。

「命を大事にしろっ、下がれっ！」

「勇者の指示に従えっ！　下がれっ」

同じ命令が団長の口からも飛び、判断に迷っていた騎士たちもそれに従う。

一斉に後退したために、龍一郎とゴドーのみが突出した形となり、たまらずシアーシャは悲鳴を上げた。

「リュー様っ！」

無論、その声は龍一郎には届かない。

多勢に無勢、などという思考が魔物にできるのかは知らないが、ぽつんと二騎のみが残る状況に、魔物の群れが殺到する。

それに呑み込まれる、その寸前。

龍一郎の体から、まぶしい光が放たれた。

「……やったっ」

スオヴァネンが小さな歓声を上げる。

後方にいるシアーシャからは詳細は確認できないが、光は龍一郎の前方に拡散したようだ。

その光が当たった魔物は、それこそ灰すら残らず消滅した。どうやら、それは『光』ではなく、超高温の『炎』だったらしい。

「師匠が最初に魔法を使われたときのこと、侶伴殿は覚えておられますか？」

「は、はい……」

張り切るあまりに加減を間違え、的を焼失させただけではなく、背後の壁にまでめり込んだ『火球』のことは、忘れようにも忘れられない。後に聞いた話だが、穴の開いた壁は、数日してその部分が倒壊してしまった。原因は不明——あの場にいた三名は固く口をつぐむことで余計な厄介ごとを回避したため、おそらくは内部が老朽化していたせいだろうという結論になっている。

それはともかく——

「あれを応用した魔法陣です。ああ……やはり師匠の制御は素晴らしい。これを見られて、私は感動していますっ」

やはりスオヴァネンの視点は、シアーシャとは異なるようだ。うかつに同意もできず、かといって窘めるのも違う。戸惑いつつ、もう一度、龍一郎に視線を戻すと、一発目で生き残った魔物が性懲りもなく押し寄せるところだった。

それを二度、三度と、同じ攻撃で迎え撃つ。

取りこぼしは、先ほどと同じように騎士団と歩兵がとどめを刺し、三波目の発生はない、と団長の判断が下される。

その瞬間、周囲は耳を聾さんばかりの歓声に包まれたのだった。

「リュー様っ！」

湧き上がる歓声の中、防御幕を解いたシアーシャは、スオヴァネンを置き去りにして、ただ一人を目がけて走る。

衣の裾を翻し全力で走る巫女など、騎士団員は見たことがなかっただろう。呆気にとられる彼らの間をすり抜け、剣戟にえぐられた地面に足元を取られかけ、片付けられていない魔物の死骸に息を呑み、それでも彼女は一直線に走り続ける。

一部始終を見ていた――魔物とはいえその首が飛び、あるいは胴体を真っ二つにされて血しぶきを上げる様子は、決して気持ちの良いものではない。それでも必死に目をそらさずにいたのは、万が一にも龍一郎に危険が及べば、その場に駆けつけるつもりだったからだ。

幸い、シアーシャが危惧した事態にはならず、魔物の爪も牙もその体に近寄ることすらできなかった。それでも近くで確認しなければ気が治まらない。

「リュー様っ、御無事ですかっ」

全力疾走どころか、小走りになることすら稀なシアーシャは、龍一郎のところへたどり着くころには息が上がり、酷使された足はがくがくと震え出していた。そんな状態で上手く立ち止まれるはずもなく、たたらを踏み、それでも勢いが殺しきれず前のめりに倒れ込み――かけたところで、たくましい胸に抱き止められる。

「シア！　そんなふうに走ったら危ないだろっ」

龍一郎の体からは、何時(いつ)もの彼の匂いに交じって、汗の香りが感じられる。

それが、彼が生きている証(あかし)のように思え、ついにシアーシャの涙腺が決壊した。

「リュー様っ……リュー様ぁっ、リューさ、まぁぁっ！」

「シ、シアッ？」

いきなり泣き出し自分の名を呼ぶシアーシャに、龍一郎が慌てる。

「こ、こわ、かった……怖かった、んで、すっ」

子供のように号泣し、しゃくり上げながら、それでもなんとか言葉を絞り出す彼女の様子が、龍一郎の混乱に更に拍車をかけた。

「ご、ごめんっ、俺が悪かったっ、もっと下がっててもらえばよかった」

「ち、が……ちが、うっ、ぅううっ」

「え？　え……？　シア？」

怖いのはそれと違うのだ。そう言いたいのだが、涙と嗚咽(おえつ)が邪魔をする。

シアーシャがそのことを――怖かったのは自分の身ではなく、龍一郎に危険が迫っていたからなのだときちんと言えたのは、それからかなりの時間が経ってからだった。

◇　◇　◇

戦闘が終わったからといって、すぐに引き返せるわけではないことを、シアーシャは初めて知った。昼前から始まった戦いは、太陽が中空を通り過ぎた辺りで終了してはいたが、負傷兵の手当てや、消費した物資の確認、今回の魔物の調査など、やらねばならないことは山積みだ。それらを行うのは騎士団ではあるが、彼らを放って勇者一行だけが神殿に戻れるはずもない。

幸い、後方基地として設営された場所がある。とりあえず今夜――もしかすると、明日の夜もここで過ごし、それから帰路につくことになりそうだ。

龍一郎もそれを了承し、今は団長とスオヴァネンも加えて、今回の魔津波に関する情報をまとめているはずだ。

勿論、その間、シアーシャも何もすることがなかったわけではない。

「――円環、属性展開、範囲及び効果指定、出力調整――発動」

ぶつぶつと口の中で小さく呟きながら、胸の前に浮かぶ魔法陣に魔力を流し、回復魔法を発動する。

ふんわりと柔らかな光が、そこから対象となる部位に注がれると、包帯の下でじわじわと滲み出していた血が止まった。

「これで傷口は塞げたはずです。ですが、流れた血は戻りません。少なくとも今夜はこのまま安静にしていてください」

「あ、ありがとうございます、侶伴殿っ」

ここは、負傷者を集めた幕舎だ。

二波のみの極小規模の魔津波でも、鎮圧までに一刻（約二時間）以上かかった。それも最後は、龍一郎のごり押しともいえる魔法陣の攻撃があってである。そんなものに相対したのだ、如何に鍛えようが、龍一郎の存在があろうが、負傷する者が出るのは必然である。現に死者こそ出なかったものの、重傷の者もそれなりにいる。

無論、そんな事態に備えて、医薬品や回復魔法が使える人員も配置されていた。

しかし、シアーシャや龍一郎を例にとるまでもなく、魔法の効果は術者の魔力に比例する。魔力量が多い者はほとんどが貴族で、その中でも特に光属性は希少だ。そんな人物を、たとえそれが勇者の初陣であっても、連れてくるのは難しい。

それでも弱い魔力持ちはおり、重傷者には彼らの回復魔法が使用された。もっとも、それでは完全に癒すことはできないし、軽度の者は通常の手当てがされたのみで、今もあちこちから痛みにうめく声が聞こえる。

そんなところにシアーシャがいる理由は負傷者を癒すため。それ以外の用があるはずがない。

「次の方を」

「はい。では、この者を――」

腕を切り裂かれた者、足を骨折した者、複数の魔物に襲いかかられて大出血をしている者――気の弱い人間なら、見ただけで卒倒ものの重傷者もいる。そんな中で、シアーシャが動けているのは、かつて神殿による奉仕として、傷病者のいる場所へ赴いた経験があるからだ。ただし、そのときは軽傷の者を数人癒すのが精一杯。今のように、多数の重傷者を含む患者を回復させることなどできはしなかった。

それがなぜ、と問われれば、答えは決まっている。

龍一郎から教えてもらった、回復の魔法陣のおかげだ。

「円環、属性展開、範囲及び効果指定……」

ぶつぶつと、回復魔法を使う度に呟くシアーシャに、最初は胡乱げな視線が向けられていたが、放たれる回復魔法の効果によって尊崇のまなざしに代わるのはすぐだった。

まさかそれが、失われた技術である回復の魔法陣とは思いも寄らないはずだ。そもそも魔法は人により発動の形態が異なるので、少し変わった使い方をしている程度に思われているのだろう。

シアーシャ自身も、せめて口にするのは止めたいところなのだが、防御の陣とは違って実践の経験が少ない分、どうしても慎重になる。

せっかくの機会であるし、無言で魔法陣を構築できるように、その訓練も兼ねていると思えばいい。

いや、実のところ、そんなものは後付けで、単に傷の痛みにうめく人をシアーシャが放っておけなかっただけだ。

おずおずと、自分も負傷者のために何かしたいと言い出したシアーシャに、『いいんじゃないか？

シアを守るために開発した魔法陣だけど、使えるものは使ってナンボだし。何よりそうやってシア自身の価値を高めることは、今後のためにもなるだろう』と、龍一郎も賛成してくれた。

遠くを見つめる龍一郎の考えることはシアーシャには分からないが、いいと言ってくれたのであれば問題ない。

龍一郎を通じて団長にも許可を取れた。

「こちらは終わりました。次の方を――」

「ありがとうございます、侶伴殿。これでひとまず、緊急を要する者はいなくなりました」

救護部門の長に礼を言われ、シアーシャはほっとして緊張を解く。

何人を回復したのか――二十人は優に超えていたはずだ。負傷者のいる天幕は一つではなく、あちこちを回り、ここが最後だ。

おかげで、いくら龍一郎の開発した魔法陣が高性能で、魔力の消費量を抑えられてはいても、元々が少ないシアーシャの魔力はそろそろ限界が近かった。

「侶伴殿がいてくださらなければ、手足を切断せねばならない者もいたでしょう。さすがは勇者の侶伴であられる見事な魔法でした。勇者殿とのお仲もむつまじい御様子で――我ら一同、お二方の行く末の幸を、感謝と共にお祈り申し上げます」

「そ、それは……っ」

生真面目(きまじめ)な顔で改めて礼を言われ、シアーシャは面映(おもは)ゆい気持ちになる。けれど、その思いは最後の一言でどこかに吹っ飛ぶ。できることなら、そのことにだけは触れてほしくなかったシアーシャである。

彼が言っているのは、例の魔津波が収まった直後のことだ。

龍一郎の前で泣いたのは、今回が初めてではない。前回はあれほどひどくはなかっただろうが、泣き顔を見せたということでは同じであり、どのみち、彼にはもっと恥ずかしい姿も見られている。だから、それはいいのだ。

問題は、その他の人々の視線である。

礼節と名誉を重んじ、女性を尊重するのが騎士というものだ。そんな彼らで構成された騎士団には、一連のシアーシャと龍一郎のやり取りを見ても、はやし立てたり、笑ったりする者は一人もいなかった。真面目な顔、あるいは穏やかな笑顔で黙って見守ってくれており、ようやくシアーシャが少し落ち着きを取り戻したときに、ゴドーから無言で周囲を見るようにと促され、そこで初めて気がついたのだ。

穴があったら入りたいというのは、ああいう心情を指すのだと痛切に実感したシアーシャである。しかも、あの場にいなかったはずの彼もそれを知っているということは、すでに話が広まりまくっているということだ。

真っ赤になってしまった彼女を、照れているのだと思ったのだろう。間違いではないのだが、微笑ましげな顔で見られて身の置きどころがない。

逃げるようにしてその場を辞したシアーシャに、救護部門の長はわざわざ護衛までつけてくれた。念のために龍一郎がつけてくれたゴドーもいるのだからと、一旦は断ったのだが、どうしてもと言われ幕舎まで送ってもらう。

そのとき、その護衛からおかしなことを言われた。

「我が長から、伝言を預かっております。侶伴殿は、今夜はくれぐれも幕舎の外にはお出になられないように、と」

「え？」

ここまで二晩過ごしたが、そんなことを言われたのは初めてだ。用がなければうろうろするつもりはないが、あえて言われる理由に心当たりはない。

「侶伴殿はご存じないでしょうが、戦の後はいろいろと荒れるのです」

「荒れる？」

「はい。戦場とは命のやり取りをする場ですので、どうしても滾ることがあります。我が騎士団にはそのような未熟な者はいないと信じておりますが、念には念を入れたく……申し訳ありませんが、女性である侶伴殿に詳しくご説明申し上げるのはお許しください」

「は、はい……？」

『荒れる』と『滾る』。

言葉の意味は知っているが、ここでなぜその単語が出てくるのかが分からない。シアーシャが女性だから説明ができない、と言われたこともだ。

相手も忙しい身である。これ以上引き留めることもできず、礼を言って見送った。その後で、影のように付き添ってくれていたゴドーが口を開く。

「侶伴殿。よろしければ、私から説明しても？」

「まぁ、ゴドー様。ありがとうございます、ぜひお願いします」

シアーシャは幕舎の中、ゴドーは入り口から一歩下がったところでの会話だ。

中に入るようにすすめたが、龍一郎がまだ戻っていないことを理由に断られてしまった。

「まず前提として、女性の耳に入れるにはふさわしくない言葉が交じるかもしれませんが、その点については御容赦願います」

そう言って話し始めた内容は、確かにシアーシャには思いもよらないことだった。

「戦場というのは、先ほどの者が申し上げたように、殺すか殺されるかの場所です。そのような場に臨んだとき、どうしても通常の心の状態を保つのは難しくなります――」

シアーシャは守るため、あるいは癒すためにここにいる。その対象は龍一郎であり自分であり、ゴドーやスオヴァネン、ひいては共に戦う『仲間』も含まれる。けれどそれはシアーシャが侶伴であり、巫女であり、女性だからだ。

対して、男性――騎士や兵士は、武器を取り魔物と相対して、戦うのがその役目である。恐ろしい魔物を前に、おじけづく心を叱咤し勇気を振り絞りそれに向かっていく。そんな状態で長時間、お互いの血を流す戦いをしていれば、それが終わったからといってすぐに普通の状態に戻れるはずがない。

しかも、今回は対魔津波の初戦だ。龍一郎のように、これが初陣となった者も多い。無事に生き残ったことを祝うために、今夜は少量だが酒もふるまわれるそうだ。厳しく己を律することを求められる騎士はともかく、一般の兵士の猛ったままの精神状態に酒の酔いが加われば、大なり小なり騒ぎが起きるのだが、それはしかたのないことだと黙認されている。

「そういった『滾り』を手っ取り早く鎮めるには『女』が一番です。近くに町でもあれば、娼館に繰り出す者もいたでしょう。ですが、今回はそれもなく、侶伴殿を除いて陣営に女性はおりません。そのため不埒な思いを持って、侶伴殿の姿を垣間見ようと、警備を潜り抜ける者が出る可能性があります。だからこそ、決して外には出ないように、との言葉だったのでしょう」

「そんな……」

「まともな頭をしていれば、勇者の侶伴に何かをしようなどとは考えないでしょう。が、戦の後というのは、往々にしてそのまともな頭が働かなくなるものです。このような話は、本来お耳に入れるべきものではないのですが、この後も遠征は続きます。ならば、最初に申し上げておくことが必要だと思った次第です」

「……話してくださりありがとうございます、ゴドー様。今のこと、きちんと覚えておきます」

「是非ともそうなさってください」

そう締めくくったゴドーは、龍一郎が戻るまで幕舎を警備してくれるようだ。

衝撃的な話を聞かされ動揺しているシアーシャは、見知った者が近くにいるというだけで心強い。

彼の心遣いに感謝して、一人内部で少しの間考え込む。

侯爵家と神殿の暮らししか知らない彼女は、ある意味、純粋培養で育ったともいえる。侯爵家の令嬢であったときはまだ幼く、性愛の対象にはなりえなかった。神殿では肉の欲を律することが求められるため、やはり『そういうこと』を経験したことはない。

そんなシアーシャであるから、見も知らぬ男性に欲望のこもった目で見られると思うだけで、全身に鳥肌が立つ心地がする。

けれど——唯一、それに該当しない相手がいることも確かだった。

龍一郎が幕舎へ戻ってきたのは、太陽が西の山の端に隠れ、空を赤く染めていた夕焼けが宵闇に変わる時分だった。

シアーシャのもとに夕食が届けられたのはその少し前で、彼はすでに団長らと食事を済ませてきたという。

「お疲れさまでした、リュー様」

「うん、シアもお疲れさま。怪我人を回復してくれて、ベッツリー団長も喜んでたよ。お礼を伝えてくれって」

「リュー様に頂いた魔法陣のおかげです」

龍一郎からはわずかに酒精の匂いがした。今回の討伐の成功を祝って酒がふるまわれたので、そのせいだろう。シアーシャのもとにも、食事に添えて小さなボトルに入ったものが届けられていたが、酒に弱いこともあり手を付けていない。

「……貰っていいかな？」

「はい、どうぞ」

それを見つけた龍一郎に問われる。承諾すると、彼はそのままグラスに移すことすらせずに呷った。

ほとんど一息で飲み干し、大きく息を吐き出す。その後、思い出したように侵入を拒む効果と、中の音が漏れない効果の魔法陣を発動し——唐突に、シアーシャの体を抱きしめた。

「……怖かった。マジで怖かった。格好つけるのもそろそろ限界だった」

弱々しい声と、目に見えるほど震えている手。ギリギリのところで堪えていたのが、それだけで分かる。

「情けないけど、覚悟してたより何倍も怖かった。ゴブリンなんてゲームじゃ序盤に出てくる雑魚だし、なんてことないって思ってたけど、あの濁った赤い目とか乱杭歯を剥き出しにした口とか。コボルトも、あれのどこに犬みたいなかわいらしさがあるんだよ。完璧に狂犬だ。猛獣じゃないかっ！　あんなのが死ぬほど押し寄せてくるなんて……逃げ出さなかった自分を褒めてやりたいよ」

鬼小人も狗頭も弱い魔物だ。だが、裏を返せば、弱くても魔物だということでもある。しかもそれらが、何百匹、もしかしたら千をも超える数が押し寄せてくるのだ。魔法がなく、したがって魔物もいない世界から来た龍一郎にとって、それはどれほどの恐怖だっただろう。

「一夜漬けの覚悟なんて、この程度なんだよ……情けないな、俺」

「リュー様……」

いくら龍一郎とはいえ、昨日の今日ですぐに恐怖心を克服できるわけがない。それはシアーシャにも分かっていたことで、こんなふうに弱音を聞かされてもそこに驚きはなかった。

「……こんなので、俺。この後も勇者をやれるのかな？」

愚痴も弱音もいくらでも聞く用意はある。

けれど、昨夜とは異なり、今の龍一郎が求めているのは、それよりももう少し積極的なことのように感じられるのは、ずっと共にいたシアーシャだからだろう。

「いいえ、リュー様。リュー様は立派な勇者様です。正面から魔津波に立ち向かい、見事にそれを退けられたではありませんか」

だから、龍一郎の胸に押し当てられていた顔を上げ、まっすぐにその目を見つめながら言う。彼が欲しいのは、きっとそんな言葉だと思うから。

「……それはやせ我慢がなんとか保ったからだよ。じゃなきゃ、本当に逃げ出してたかもしれない」

「でも、そうはなさいませんでした。踏みとどまり、見事に戦っていらっしゃいました」

「騎士団がいたからな……そうでなきゃ、無理だ」

「その騎士団の方々を下げられ、一人で立ち向かわれたのは何方ですか？」

一つ一つ。丁寧に龍一郎の言い分をつぶしていく。

「あれは……ちょっと格好つけたかっただけだし……」

「本心から怖くて逃げ出したい人に、そんな余裕があるでしょうか？」

「いや……でも、派手な魔法を使うんで、その邪魔になるし……」

「巻き込まないために――その方々を危険な目にあわせたくなかったからではありませんか？」

「それは……今日のシアはなんか怖くないか？」

「それは、リュー様が自分をいじめているのが許せないからです」

口に出して気がつく。どうやら、自分は少しばかり怒っているようだ、と。

「リュー様は、『命を大事にしろ』と叫んで、騎士様たちを下げられましたよね？　あれは、少しでも怪我をする人を――もしかしたら、亡くなってしまうかもしれない人を作りたくなかったからではないのですか？　リュー様は、皆を守るためにそうされたのでしょう？　そんなリュー様が勇者ではないのなら、一体、なんなのですか？」

それは、後ろで見ていたシアーシャだから分かるのだ。

白と銀の鎧に身を包んだ騎士たちの中で、ひときわ目立つ『黒』。

魔物の群れから視線を離さず、後ろを振り向くことはしなかった。乱戦になった後も、周囲を確認することはあっても、逃げ道を求める素振りは決して見せなかった。

そんな龍一郎を貶めるような発言は、たとえそれが本人の口から出たものだとしても看過できない。

「リュー様のお心の裡はどうあれ、私たちが見たのは紛れもなく『勇者』が戦われるお姿でした」

龍一郎は、想像を絶する威力の魔法をいとも容易く操り、魔物の群れを殲滅した。

前回の勇者が現れたのは百を超える年月の前だ。今の世に生きる者は、誰も実際の勇者を見たことはない。半ば伝説と化した勇者に、不安を感じる者もいただろう。

けれど、龍一郎の雄姿をその目で見た人々は、その伝説が真実だったと悟ったはずだ。

勇者は——龍一郎は、まぎれもなくこの国の救世主なのだと。

「リュー様はご立派でした。リュー様御自身がなんと思われようとも、私はちゃんと見ておりました」

きっぱりと言い切る。

そんなシアーシャに、珍しく龍一郎が気圧(けお)されたような顔になり、やがて、ふぅっと大きく息を吐いた。

「シアがいてくれて——シアが俺の伴侶で、ほんとによかった」

「リュー様?」

胸に抱いたシアーシャの髪に、顔をうずめるようにして言う。

「なんでシアは、俺の欲しい言葉が分かるんだろうな……」

「だって、私はリュー様の伴侶ですから」

「……俺の世界にさ。フリも続けていれば本物になる、なんてことを言ってた人がいるんだけど……俺もそうなれるかな?」

「私もリュー様のおそばにいられて幸せですし、リュー様ならきっとなれます。愚痴でも泣き言でも、私でよければいくらでもお聞きいたしますから」

気持ちを切り替えられたのであれば喜ばしいが、切り替えただけで、龍一郎の中では、まだ納得しきれていないことも分かっていた。完全に消化するには、時間が必要だろう。

一旦棚上げにしただけとも言えるが、時が経つことでしか解決できないものもある。龍一郎も、無意識ながらもそれを感じ取っているように思えた。

これ以上は、彼自身の問題であり、他人が手助けできることではない。

けれど、シアーシャにしかできないことも、またあるはずだ。

「その……ごめん、こんなとこじゃ嫌だよな。でも、俺……今、すごくシアを抱きたい」

至近距離で感じられる吐息には、酒精と共にシアーシャもよく知るある種の熱が感じられる。腹の辺りでは、何やら硬いものがむくむくと起き上がる感触もあった。

戦いの高揚感、無事に討伐を成功させたという安堵、ギリギリのところで抑え込んでいた恐怖心の反動に加えて、今のやり取りとそれを後押しする酒の酔い。様々なものが入り交じり、どうにも制御不能となっている様子だ。

「リュー様。私は――シアーシャは、貴方の侶伴です。どうぞ、お心のままに」

恥ずかしい気持ちは確かにあるし、何よりもここはまだ戦地だ。幕舎の入り口には警護の騎士が立っているはずだし、布一枚を隔てた向こうには多くの人が歩き回っている。

それでも、龍一郎がシアーシャを求めているのなら、受け止めたい。

戦いの後で傷つき疲れた男を、肉体だけではなく、精神も癒せる女であることが純粋に嬉しいと感じた。

その夜の龍一郎は、やはり何時もとは異なっていた。

「んっ……む、ぅ……あっ」

口づけから始まるのは彼の癖だが、まずそこからして違う。

唇を合わせるだけの軽いものから、少しずつ深くなっていくはずのそれが、最初から噛みつくように激しい。彼との行為にもそれなりに慣れたと思っていたシアーシャだが、吐息すら奪うような濃厚な口づけに、あっという間に息も絶え絶えになった。

『滾る』とはこういうことなのかと納得しかけたが、これはまだ序盤でしかない。

口づけから解放された後は、奪い取るようにして衣を脱がされ、露わになった胸に龍一郎がむしゃぶりつく。控えめな膨らみを両手でわしづかみにされたかと思うと、痛みを感じる寸前の強さで、捏ねるようにして刺激を与えられる。掴んだ指の間から柔らかい肉があふれ、先端は硬く尖って龍一郎の掌を刺激していた。

それを認めてか、彼は片手はそのまま、唇でそこを覆う。

先端をきつく吸われたかと思うと軽く歯を立てられ、シアーシャの口から小さな悲鳴が上がる。

「いっ……っ、っ！」

慌てて手を口で覆ったのは、それ以上の声を上げないためだ。けれどそのせいで、龍一郎を止める手立てがなくなってしまう。

自由になった彼の片手は、シアーシャの体の輪郭をなぞるようにして、細くくびれた腰から更に下へ移動していく。肉付きの薄い腹部を通り過ぎ、淡い茂みをかすめた後で、秘められた泉にたどり着くと、指でそこを撫で上げた。

くちゅり、と、濡れた音が上がり、そこがすでに潤っていることが分かる。彼は躊躇う素振りもなく指を埋め込んだ。

「っ！　……ん、ぅっ！」

根元まで差し込まれた指が、すぐに二本に増やされる。ぐじゅぐじゅとナカを掻き回し、あっという間に龍一郎の掌は熱い蜜で濡れそぼった。

「ん、んっ……ぅ、……ん、ぅっ」

いくら押し殺そうとしても、吐息に甘さが交じるのは止められない。シアーシャの片方の胸には手が、もう片方は唇が、更に下肢に埋め込まれた指が絶え間ない快感を伝えてくる。

ぞわぞわとした何かが背筋を這い上がり、シアーシャは無意識に腰を揺らした。

「……気持ちいい？」

口に先端を含んだまま問いかけられる。不規則にそこに当たる歯と舌による刺激で、彼女は達してしまいそうだ。

けれど、そうなる前に下肢から指が引き抜かれ、代わりに硬く、奇妙なほどつるりとした感触のものが押し当てられる。

何度か軽く腰を揺らすことで、シアーシャの中からあふれ出す蜜をまとわせた後、彼はぐい、とそれを強く押し当てた。その先端が狭い入り口をこじ開けると、シアーシャの体がわずかにこわばる。

自分のナカに龍一郎を受け入れる。なまじ、一度、しっかりと見てしまったせいか、目を閉じていても、その形状が瞼の裏に浮かぶ。

大きく張り出した笠と、その下の太い茎——ソレが今、自分の中に埋められている。

そう思うだけで全身が熱くなり、自分のソコが龍一郎を締めつけるのが分かった。

「っ、きっつ……」

苦しげにうめく龍一郎に、申し訳ないと思いながらも、無意識の反応はシアーシャ自身にはどうにもできない。できるのは、直後に始まった激しい突き上げを全身で受け止めることのみだ。

「うっ……っ、っ！　……ん、んっ！」

両手で必死に声を抑えても、呼吸の合間にどうしてもかすかな喘ぎが漏れてしまう。できることなら、この手を外して龍一郎にしがみつき、思うさま声を上げたいとすら思う。

けれど、それはできない。

魔法陣の効果で内部の音が漏れる恐れはなく、入り口には警護の者が立っている。何より、勇者の幕舎に、許可もなくずけずけと入ってくる者がいるはずもない。だが、まだ大勢の人々が忙しく働いている中で、二人だけ閨事に励んでいるという罪悪感が邪魔をする。

しかも——

『……ずいぶん静かだな』

『勇者殿は勿論だが、侶伴殿も負傷者の回復で、魔力をかなり使ってくださっていたからな。疲れて早めに休まれたのだろう』

たまたまだろうが、幕舎のすぐ脇で立ち止まった騎士の、そんな会話まで聞こえてくる。

『もしや、中でお楽しみ、なんてことは……』

『静かだと言ったのはお前だろうが。それよりもあのお二方に対して、そんな不埒な考えを抱くとは、騎士として恥じろ』

「っ！　シアっ……締め、すぎっ」

二人が横たわる寝台のそば近くに立っているのだろう。鮮明すぎる声とその内容にぎょっとして体に力が入り、シアーシャはナカの龍一郎をもきつく締めつけてしまったようだ。

一瞬、彼の動きが止まり、そのまま吐精するのかと思った。だが、猛ったモノがシアーシャの中から抜かれ、くるりと姿勢を変えさせられる。

うつ伏せで腰だけを高く掲げられ、再度、そこに突き入れられた。

「う、くっ……っ！　つっ！」

衝撃で肺の中の空気が押し出され、シアーシャの喉からくぐもった悲鳴がこぼれ落ちる。ハッとして、目の前にある枕に抱き着き顔をうずめるのと、龍一郎が抽挿を開始するのはほぼ同時だった。

彼は両手でシアーシャの腰をしっかりと固定し、その中心に向けて下半身を打ち付ける。

ぱんぱんという肌と肌がぶつかる音が幕舎の中に響き渡り、二人分の汗が敷布に吸い込まれていった。

「っ、ぅ……ぅ、く、……っ」

「くっ……シアっ、愛して、る……！」

自身の魔法陣に信頼を置く龍一郎は気にせず声を発するが、シアーシャはそうはいかない。

龍一郎の与えてくれる快感も、外の二人を気にするあまりに、素直に受け入れられなかった。

男の欲望を受け入れたナカの柔らかな粘膜の動きが、そのせいで先ほどより幾分減じていることを、龍一郎のほうがよく分かっているようだ。

「だったら……こうしたら、どう、かな？」

彼は片手をシアーシャの腰から離し、それを前にくぐらせる。濡れそぼった下草の間から小さく頭をのぞかせていた芽にその指を添えると、ぐいと強く押しつぶした。

「ぃ……ひっっ！」

打ち付ける速度は変わらず、大きく先端が張り出した龍一郎のモノが、柔らかな粘膜を遠慮なく穿（うが）ち、こすりたてる。肉芽に当てられた指も、強弱をつけながら鋭い快感を送り込んできた。

元々が敏感な質（たち）であるシアーシャが、そんな状況にそう長く耐えられるはずもない。

「あ、あ……ん、あ……ああっ、い……あっ！」

とうとう、白旗を揚げざるを得なくなる。まだ形ばかりは枕を抱きかかえてはいるが、顔はすでにそれに埋められてはいない。甘い悲鳴を上げ、快感に背筋を反（そ）り返（かえ）らせ、全身で龍一郎の激情を受け止めている。

快感のあまりに体から力が抜け腰が砕けそうになっても、そこを支える龍一郎の手が許してはくれなかった。何度もソコを出入りするモノにより掻（か）き出（だ）された液体が内またを伝い敷布に吸い込まれていくが、それすらも意識の外だ。

その上、何を思ったのか、龍一郎の膝が足の間に差し入れられ、更に足を開かせる。

「リュ……さ、まっ？」

ずりずりと少しずつ角度が開くその間も、打ち付けられる勢いは止まらない。

「やっ……なっ？　……いや、こわ……っ」

そして足を開けば開くほどに、龍一郎のモノが自分の奥を強くえぐる。

ただでさえ長大なソレは、シアーシャの奥の壁にまで届き、そこをぐりぐりと刺激されて、身震いするほどの快感が湧き上がった。もうそれ以上は進めないはずなのに、更に奥を求められているようで、悦楽と共に恐怖さえ感じる。

けれど、それはもう手遅れだ。

ギリギリのところまで開脚を強いられ、前に回された掌の厚みの分だけわずかに浮いた状態で、ほとんど真上から突き入れられた強直。それにより、奥の奥の深いところを捏ね回すように刺激される。

「ひっ……あっ、リュー……ああ、あんっ！」

きつく閉じた目の奥に白い光がちらつき、やがてそれが一つに集まり、大きくふくれ上がる。

その瞬間、瞼の裏全体が真白に染まり、シアーシャは全身を歓喜に震わせながら果てたのだった。


翌朝。一晩寝てもあれやこれやの疲労の抜けきれないシアーシャが目覚めたのは、かなり日が高く昇った後だった。誰も起こしに来ないどころか、食事まで置かれていたところを見ると、龍一郎が上手く取りなしてくれたのだろう。

そのことを恥ずかしく思いながらも、身を起こし、ふと気がつく。

自分が裸で寝ていたのは昨夜のことを思えば当然だが、その肌に気持ち悪くまとわりつく湿った敷布……何によりそうなったのかは明白である。

うっかりとそちらの始末のことを失念していたシアーシャは、青くなり、赤くなり、やがて戻ってきた龍一郎に水の魔法で清めさせ、風魔法を使って乾かしてもらった。そのことに、非常に感謝しつつも、つい恨み言が口を出てしまったのは仕方のないことだったろう。

それでも気を取り直し、空腹に泣く胃に食べ物を詰め込んで身支度を済ませ、幕舎の外に出る。

「おお、侶伴殿。お加減はいかがですか？」

入り口ではまたしてもゴドーが警護してくれていた。

「あ、ありがとうございます。もう、大丈夫です」

「女性の身では衝撃でしたでしょう。どうぞ、ご無理をなさらぬように……」

「お心遣い、ありがとうございます。でも、もう本当に大丈夫ですので」

そんなやり取りを、素知らぬ顔をして横で聞いている龍一郎の足を踏んでやりたくなる。

ゴドーは心配してくれてはいても、昨夜の出来事については何も気がついていないようだ。

そのことに安堵しつつ、連れだって足を進めた。

「それにしても、よろしいのですか？　昨日の戦の後を見たいと聞いておりますが？」

「はい。この目で、しっかりと見届けるのも侶伴の務めかと」

戦後処理というのは、何も味方に関することだけではない。

倒した魔物の死骸をそのままにすれば、腐敗し疫病の元にもなりかねない。ただ、今回はあまりにもその数が多いため、とりあえず騎士団で検分し、本格的な処理は歩兵部隊にゆだねることになるだろうというのが、龍一郎から聞いた話である。

この後方基地から戦場までは少し距離があり、シアーシャは龍一郎の乗る馬に同乗した。一人でも乗れないこともないのだが、まだ速足が精々だ。なるべく早く上達しなければと思いつつ、たどり着いた先で、彼女はつい、声を上げた。

「……え？」

広々とした草原が広がるそこには、昨日は確かに多くの魔物の死骸が転がっていたはずだ。

確かに、それはある――が、あまりにも数が少なくはないだろうか？

「驚かれたでしょう？　実のところ我々もです」

そう言いながら、団長が近づいてくる。龍一郎一行の到着は、すでに把握されていたらしい。

「スダ殿の魔法で灰も残さず消し飛んだものも多いのですが、それ以外も、朝になると忽然と消えてしまっておりました」

「話には聞いておりましたが、これが魔津波というものなんですねぇ」

その後ろからひょっこりとスオヴァネンが顔を出す。見かけないと思っていたら、ここにいたようだ。

「ところどころにある死骸は、もともと魔の森にいた魔物でしょう。消え去ったのは、森の魔力――瘴気と呼んだほうがいいのかもしれませんが、それが凝って生まれたもののようです」

それを聞いて、シアーシャはもう一度辺りを見渡す。残った死骸の数は昨日のそれの十分の一にも満たない。残りはすべて瘴気から生まれた幻影のようなものということだろうか？

「この国にはありませんが、他国には魔宮や迷宮と呼ばれるものがあると聞きます。そこで生じた魔物は、倒されると一定の時間を経て消えてしまうそうで。もしかすると、魔の森もそのようなものの一種なのかもしれません」

シアーシャは初耳だが、団長はその表情からして知っていたらしい。

「念のためと思い、大勢を引き連れてきましたが、やはり百聞は一見に如かずということでしょうな」

「……そういう話はできれば先に聞かせてほしかったな」

「あくまでも仮説ですので。それに上つ方の皆様は、報告を上げても認めてくれませんからね。認められていないことは、なかなか口に出しにくいのです」

「まあ、いいけど……でも、なるほどね。そういうことか」

二人の話を聞いた龍一郎が、魔の森に目をやる。

その表情に、昨日とはどこか違ったものを感じはしたものの、それがなんなのかはシアーシャには計り知れないことだった。

見事に初陣を飾った龍一郎が神殿に帰還するや否や、盛大な宴が催された。

さすがに大聖堂を使うわけにはいかず、最も大きな食堂でのことになったが、それでも入りきれない者は外に天幕を張り、そちらへ収容しなければならなかったほどだ。

テーブルの上に数えきれないほどの皿が並び、そのどれもに、シアーシャが見たこともないような豪華な料理が山と載せられている。

酒類もふんだんに用意されているらしく、あちらこちらで勝利を祝う乾杯の声が聞こえた。

清貧を旨とする神殿がこれでよいのかと思われるが、これも戦意高揚のためだと言われればそれまでだ。

「……リュー様……」

シアーシャの前にも美味しそうな料理が並べられてはいたが、手を付ける気にはなれなかった。

その理由は、隣に龍一郎の姿がないからである。

シアーシャの視線の先——上座にしつらえられた特別席に彼はいた。

両隣には教皇と司教が並んでいる。

この宴の主役であるので当然なのだが、そこにシアーシャが並ぶことは許されなかった。

侶伴だということでほど近い席を与えられてはいたが、それで心が晴れることはない。

龍一郎が召喚されて以来、ほとんどの時間を二人で過ごしてきたのだ。別行動をとることもありはしたが、それらは自発的なことであり、今のように強制的に離されるのは初めてのことである。

龍一郎とシアーシャの座る席の間にさほどの距離はないというのに、それがひどく遠くに思え――シアーシャにできるのは、この宴席が一刻も早く終わるよう願うことだけだった。

「――えらい目にあった……待たせてごめんよ、シア」

「お疲れさまでした、リュー様」

永遠に続くかと思われた宴がやっとその終わりを告げ、龍一郎が戻ってきたのは深更に近いころだった。早めに席を立ったシアーシャとは違い、主役であるために最後まで引き留められて、いささかくたびれているように見える。

「俺をねぎらうって名目の癖に、余計に疲れた。本当にそう思ってるんなら、さっさとシアと二人きりにしてくれりゃいいのに」

「リュー様ったら……」

勇壮な勇者の衣を脱ぎ、楽な服装に着替えた龍一郎は、もう何時もの彼だ。こぼす愚痴さえ嬉しく思える自分に、つい笑ってしまう。

「笑いごとじゃないぞ。あんなのと一緒の席に座らされたら、料理も酒も味わうどころじゃない。無理難題を吹っ掛けるクライアントとの会食のほうがまだましだ――っと、忘れてた。はい、これ」

何やら包みを抱えていたのはシアーシャも気がついていたが、龍一郎が戻ってきたのを喜ぶあまりに、そちらには注意を払わなかった。ローテーブルの上に無造作に置かれたそれを彼が開くと、中からはいくつかの料理が転がり出る。

「さっき、シアはあんまり食べてなかっただろ？　腹が減ってるだろうから、少し貰ってきた」

「まぁ……」

あの状況で、シアーシャのことを気にかけてくれていたと知り、鼻の奥がツンと痛くなる。けれど、涙を見せれば龍一郎が心配するのも分かっており、料理に集中するふりをしてそれを隠す。

「美味しそうですね。実は、お腹が減っていました」

「俺もだ。あんなところじゃ食った気がしなくてさ。多めに貰ってきたから、二人で食おう」

冷えた料理は脂が浮き、歯触りが悪くなっているものもあったが、二人で食べるそれらは、出来立てをあの宴席で食すよりもはるかに美味に感じられるシアーシャだった。

「……食べながらでいいから、聞いてほしいんだけど」

「はい、リュー様」

「さっきの席で、初めて教皇サマに俺の名前を聞かれたよ」

「……は？」

意味が分からず、ついおかしな声が出る。

「俺が召喚されたときがあんなふうで、自己紹介も何もあったものじゃなかっただろ？　だから、最初のころならまだ分かるんだけど……」

「で、ですが、私には教えてくださいましたよね？」

「うん。シアは聞いてくれたからね。だけど、他の連中は一度も聞いてこなかった。で、まぁ、そうなると俺も意地になって、教えてやる義理はない、ってことで今まで来てたんだよ」

「そんな……」

そのような失礼な真似が許されるわけがない。

けれど、シアーシャが思い出す限りでも、確かにそんな質問は出ていなかったように思う。例外は、初対面の折のゴドーくらいだが、そのときは『こちらでは発音しづらい』という理由をつけて教えていなかった。もっとも彼に関しては、その後改めているし、ベッツリー団長にも姓で呼ぶことを許可しているので、もしかすると『名前を呼ぶ』ということが、他者と付き合うにあたり龍一郎が引いた一線だったのかもしれない。

「それが今になって、聞いてきた。初の討伐に成功して、やっと『勇者』の看板じゃなくて俺自身を見るようになった、ってことかもしれないが……それにしても、なんかきな臭い」

「……リュー様は、それで教えられたのですか？」

「ごまかそうとしたけど食い下がられたんだよな。でもちゃんと対策は講じてきたから大丈夫だ。それと。禁書庫に入る許可を貰(もら)ってきた」

「禁書庫、ですか？」

シアーシャもその名前くらいは聞いたことがある。一般——といっても神殿内の者に限られるが――に開放された場所とは別に、重要な文書が収められた場所のことだ。閲覧できるのは教皇と司教のみだとも聞いている。

「出かける前に教皇サマと話しただろ？　あのときに、頼みたいことがあるって言ってたのがそれなんだよ」

龍一郎が語るには、失われた魔術言語を見つけるために書庫にこもった折、たまたま過去の勇者の記録を見つけた。けれど、そこにあったのは二代目から九代目の記録のみで、どこを探しても初代とされる勇者の痕跡は見当たらなかったのだそうだ。

「なんで、初代のだけがないのかって思ったときに、スオウから禁書庫の話を聞いたんだ。けど、教皇の許可がない限りは入れないって言われてね。無理やり押し入ろうかとも思ったけど、さすがにそれはやめて、正攻法で行くことにしたんだ。初討伐さえ済ませれば、俺は名実共に勇者と認められるから、すんなり許可をくれたよ」

勇者は教皇と同等か、それ以上の存在だと認識されている。きっちりと段階を踏んで要求したのだから、教皇としても断る術がなかったのだろう。

「でも、どうしてリュー様はそこまで初代様にこだわるのですか？」

「それについては、つまるところは単なる好奇心」

「は？　好奇心、ですか？」

「……だけでもない、かな。俺から見ると、この国はほんとに歪なんだよ。けど、なんでそうなったかが分からない。もしかしたらその答えが初代にあるのかもしれないって思ってね。ねぇ、シア？　シアは初代の名前を知ってる？　ゴドーやベッツリー団長が勇者の子孫だったたってことは？」

「い、いえ……」

そう問われてみると、どちらも知らないとしか答えようがない。初代、二代目……と、呼びならわすのがこの国の常識であり、それに疑問を抱いたことなどなかった。その子孫についても、どこそこでまだ続いているらしい、あるいはすでに絶えてしまったらしい――『らしい』ばかりで、噂の域を出ない情報ばかりだ。

「おかしいと思わないか？　だって、国の危機を救ってくれた人の名前だよ？　あの二人みたいに、こっちふうに名前が変わってたとしても、ほとんどの人が知らないなんて。だから、俺はその理由が知りたいんだ」

「どうか、危険なことだけはおやめになってください」

龍一郎の話を聞いてシアーシャが言えるのはそれくらいだ。

「分かってる。シアを悲しませるようなことはしないよ」

そう答える龍一郎の言葉を信じる――それだけがシアーシャにできることだった。

その翌日。さっそく龍一郎は禁書庫に向かった。ただし、閲覧（えつらん）が可能なのは龍一郎のみということで、シアーシャの同行は許されない。

禁書庫というものがどれほどの規模なのか、そこから彼が目当てのものを見つけ出すのにどれほどの時間がかかるのか……危険なことは何もないと分かってはいても、なぜか胸騒ぎがする。時間は遅々として進まず、それでも気をもみながら待つ他ない。

やっとのことで龍一郎が戻ったときには、安堵のため息が出た。

「おかえりなさいませ、リュー様」

けれど、何時もであれば笑顔で返事が戻ってくるはずの龍一郎の顔が暗い。

「……リュー様？」

「ああ、ごめん。ちょっといろいろ……衝撃だった」

「何か、見つけられたのですね？」

「うん。だけど、今は……ごめん。少し自分の考えがまとまるまで、話すのは待ってほしい」

その言葉に、シアーシャは何を思うまでもなく、反射的に頷く。

こんなふうな龍一郎は初めて見る。初討伐の折の、自分の中の恐怖と戦っていたときとも違う。ひどく重いものを裡に抱えたような表情は、見ているだけでシアーシャの心を切なくさせた。

「……シアは、俺が何をしても……ついてきてくれるのかな？」

「当たり前です。私はリュー様の侶伴ですから」

唐突に訊ねられた言葉に、何時も通りの答えを返し——すぐにそれが間違いだと気がつく。

「もしかしたら、俺はとんでもないことをやらなきゃならないかもしれない。それは、シアにとっては許せないことかもしれない。それでも……？」

再度、重ねられた問いは、念を押すというよりも、どこか救いを求めているようにも感じられる。

「はい。私は——シアーシャは、リュー様の味方です。たとえリュー様が、この国のすべての人を敵にしたとしても、私だけはリュー様のおそばにおります。ずっと、ずっとです」

「……ありがとう」

そう言って嬉しそうに、けれどどこか悲しげに笑った龍一郎の顔を、シアーシャは生涯忘れないだろう。

とはいえ、龍一郎にもシアーシャにも、そのことばかりにかまける暇は与えられなかった。

初の討伐から少しして、またも、魔津波の発生が予見されたのだ。

「魔津波は時が経つにつれその頻度と強さを増していく、と聞いています。このくらいでしたら、まだまだ序の口でしょう。ちなみにですが、収まるまではおよそ一年、長ければ……最長は二年半と伝えられております」

「聞きたくなかったけど、情報ありがとう、スオウ」

騎士団と共に馬車で揺られるのも二度目となる。当たり前のようにスオヴァネンも馬車に乗っているし、ゴドーも騎乗で付き従ってくれていた。ただし、前回と異なるのは、歩兵の数が減っている点だ。

「上に掛け合いました。歩兵が少なければ、その分、進軍の速度が上げられます。これからは、速さが勝負の鍵となるでしょう。ただし、その分、スダ殿と侶伴殿には不自由な思いをさせるやもしれませんが……」

「俺のことは気にしなくていい。納品前の泊まり込みのときなんか、床に寝袋で寝られりゃ上等の部類だったしな」

「私も……お手を煩わせないように頑張ります」

ベッツリー団長とそんな会話を交わし到着したのは、やはり魔の森の手前。前回の場所からは東に半日ほどの位置である。

そして、そこに到着するや否(いな)や——

「なんだ、あれ⁉　もう赤に近い色じゃないか！」

旅装を解く暇もなく森の上空を睨(にら)んだ龍一郎が叫ぶのとほぼ同時に、あの気味の悪い風が森から吹いてきた。

「よ、予想では発生は明日のはず……っ」

「なんで、こんなに早くっ？」

「しゃべる暇(ひま)があればさっさと用意しろ！　総員、戦闘態勢っ！　魔物が防壁を越え次第、戦闘開始だ！」

よく訓練された騎士団は、わずかに混乱はしたものの、すぐに戦いの準備に入る。

「リュー様っ」

「俺とゴドーも出る。シアは——」

安全なところにいろ——おそらくはそう続くはずの言葉を、シアーシャは途中で遮(さえぎ)った。

「私も参ります」

それは、初戦を終えてからこちら、ずっと考えていたことだ。

「シアっ？」

騎士や龍一郎とは異なり、攻撃の手段を持たない彼女がそんなことを言い出すとは、龍一郎は思いもよらなかっただろう。

「私もリュー様と共に参ります。魔物を倒すことはできませんが、リュー様を守ることはできます。お怪我をなさったらすぐに治せます。だからご一緒いたします」

龍一郎は覚悟を見せてくれた。ならば、シアーシャも同じことをすべきだ。いや、そんなものはただの建前で、ただ彼と共にいたかっただけだ。たとえ、それで命を落とすことになろうとも。

「……絶対に俺から離れるなよ」

あふれ出した魔物は、石の防壁まで押し寄せてきている。壁を乗り越え、こちらに到達するのは時間の問題だ。まどろこしいやり取りをしている暇（ひま）はないと判断したのか、あるいは、何をどう言おうともシアーシャに退（ひ）く気がないと悟ったのか、龍一郎の判断は早かった。

「防御の陣を俺とゴドーにも。それから、近場に動けなくなった騎士がいたら、そいつにもだ。治療は後でいい。遠くにいる奴を無理に庇（かば）う必要もない。自分にできることだけをやる。いいな？」

「はい、リュー様」

スオヴァネンは後方に残るつもりのようだが、それは構わない。彼には彼の成すべきことがあるのだろう。シアーシャが自分のそれを成すように。

「来るぞ――っ」

「はいっ」

――その後のことは、実はシアーシャはよく覚えていない。龍一郎の指示の通りに、自分を含めた三名に向けて防御の陣を展開し終わったときには、すでに戦闘が始まっていたように思う。

襲いくる鬼小人（ゴブリン）と狗頭（コボルト）、今回はそれに加えてもっと大きな魔物もいた。
鎧（よろい）と爪がぶつかる音がしたかと思うと、あちこちで咆哮（ほうこう）と雄叫（おたけ）びが交差する。指揮官の怒号に断末魔の声と苦痛のうめき声が交じり、辺り一面に血の匂いが充満し、その間を様々な色に輝く魔法が飛び交う。

度を越した恐怖に精神の一部が麻痺（まひ）していたようで、シアーシャが正気に戻ったときには戦闘は終わり、怪我をした騎士の傍（かたわ）らに膝をつき、回復の陣を展開している自分がいた。

「侶伴殿！　こちらにも怪我人がっ！」

「え？　……あっ。は、はいっ」

立ち上がると、ふらりとめまいがする。どうやら、かなり魔力を消耗しているらしい。

それでも気力を振り絞り、残る負傷者に回復を施（ほどこ）していく。それらがようやく終わったころには、空は茜色（あかねいろ）に染まっていた。

「ありがとうございます、侶伴殿！」

「い、いえ……お役に立てたのならよかったです」

「回復もですが、あの防御魔法もお見事でした。さすがは勇者の侶伴に選ばれる方だと感服いたしました！」

「そんな……」

大勢の騎士に囲まれ、感謝と称賛の言葉を受けているところに、龍一郎が戻ってくる。敬意を払い、道を開けた騎士の間を通り抜け、彼はシアーシャの前に来て一言告げた。

「よく頑張ってくれたね。助かったよ。ありがとう、シア」

その一言で、すべてが報(むく)われる気がし、シアーシャは安心して気を失ったのだった。


その翌朝。

シアーシャが目覚めたのは普段通りの時間だった。

何時(いつ)の間にか幕舎(ばくしゃ)の中で寝かされていたようだ。運んでくれたのは龍一郎だろう。

今回は寝坊せずに済んだことにほっとしながら、身支度を整えて外に出る。

その途端――

「おはようございます、聖女殿」

「おはようございます。昨日はありがとうございました、聖女殿」

「……は？　え？」

周囲にいる騎士から身に覚えのない呼び方をされる。どうやら自分を指しているらしいのだが、
これは一体、なんなのだろう？

戸惑(とまど)っていると、その中の一人が進み出てくる。顔に見覚えがあるということは、昨日、回復を施(ほどこ)した一人かもしれない。

「昨日はありがとうございました。勇者殿をお捜しでしょう？　ご案内いたします」

「は、はい。ありがとうございます」

訳の分からないまま、彼の後をついていく間にも、あちらこちらから声をかけられる。

それにしても、その『聖女』とは一体どういうことなのだろうか？

その答えは、団長と共にいた龍一郎から教えられた。

「勿論、シアのことだよ。昨日の——いや、この前の活躍も合わせて、何時の間にか騎士さんたちがそんなふうに呼び始めてたんだ」

「勇者の侶伴は、勇者に寄り添い補佐するものですが、貴女のお働きはそれにとどまらない。ならば、また別の呼び方が必要かと存じまして。聖なる乙女で、聖女、と。まぁ、誰が最初なのかは分からぬのですがな」

龍一郎に加え、団長にまでそんなことを言われる。『聖なる』とは神殿に仕える巫女であるからともかく、いろいろな意味でもう『乙女』とは言いがたい自分でいいのか？

「いいじゃないか。頑張ってくれたシアにふさわしいと俺も思うよ」

結局、龍一郎のその一言で片付いてしまった。

◇

季節が盛夏を迎えるころになると、魔津波の頻度は最初とは比べ物にならないほどになっていた。
やや横広の地形をしているこの国の北部は、そのほとんどが魔の森に接している。必然的に龍一郎は西に東にと奔走する羽目になった。
最初のころは討伐が終わる度に神殿に戻っていたが、今はその往復の時間すら惜しい。一ヶ所が終われば、すぐさま次の発生場所に向かうという生活は、龍一郎は勿論だが、それに付き従うシアーシャにもかなりの負担となっていた。

「顔色が悪い。次はすぐ近くだし、しばらくここで休んでいたらどうかな？」

「いいえ、リュー様。私もついていきます」

龍一郎とシアーシャ――『勇者と聖女』は、すでに魔津波に立ち向かう旗印のような存在になっている。

同時多発的に発生するようになった魔津波は、そのすべてを龍一郎が迎え撃てるはずもなく、兵士のみで対応することも多々あった。そのせいで不利な状況になることも当然ある。そんなとき、駆けつけた二人が戦場に姿を見せるとそれだけで士気が上がり、戦況が覆るのだ。

一時的にせよ、その片方が欠ければどうなるか――そんなことは、シアーシャにすら分かる。

「大丈夫です。体力ならすぐに回復します。お供させてください」

龍一郎が作った回復の魔法陣――いや、治癒の魔法陣と呼ぶべきかもしれない――は、負傷した部分を治すが、失われた体力までは戻ってこない。ところが、シアーシャが自分の力だけで光属性の魔法を使うと、傷の治りはわずかだが、代わりに体力が回復した。彼女自身はそれが普通だと思っていたので、発覚が遅れた。そもそも体力を回復する魔法など他に存在しないようだ。ただ、その魔法はひどく魔力を食うため、頻発できるものではない。

「だけど……」

「リュー様がなんとおっしゃろうと、私はついてまいります」

こうなったときのシアーシャは、龍一郎が何を言おうと止まらない。龍一郎の意向を最優先させていたかつてとは、天と地ほども違う。

そもそもシアーシャが自分の意思を通そうとすることを願ったのは龍一郎のほうだ。今回も彼は、渋々ながら同行を許可した。

だが、そんなことが長続きするはずもないのは明白だ。

夏が過ぎ去り、秋の気配が濃くなってくるころ。

「――勇者殿！　聖女がっ！」

その地の掃討が終了し、負傷者の回復を行っていたシアーシャが、突然倒れた。

「い、何時ものように、治療を行ってくださっておりました。少しお顔の色が悪いとは思いましたが、御本人が大丈夫だから、と……」

「分かってる。君が悪いんじゃない……しっかり止めなかった俺のミスだ」

一報を聞き、龍一郎が駆けつけたとき、シアーシャはすでに幕舎に運ばれていた。そこは初戦のときのような豪華なものではなくなっている。さすがに他よりは大きいが、寝具を設置すると歩き回るのに不自由する程度の広さしかない。

寝かされたシアーシャは高熱にうなされ、小刻みに体を震わせている状態だった。

「……リュー、様……」

幸い意識はあるが、その声は弱々しい。

「ご迷惑を、おかけして……」

「気にしなくていい。シアは頑張りすぎだよ。何も気にしなくていいから、ゆっくり休むといい」

「……ごめんなさい」

反論する気力もなく、それだけを言うと彼女は目を閉じる。やがて寝息を立て始めたシアーシャは、だからそのとき、龍一郎がどんな顔をしていたのか見ることはない。

大事をとって、二日ほどそのまま寝かされる。その間、龍一郎は何やら考え込み、頻繁にスオヴァネンと話をしていたようだが、その内容を教えてはもらえなかった。

そして、三日目。シアーシャはようやく幕舎の外に出ることを許可された。

「――何時までもこんなことやってられない。大本を叩く」

話し合いのために設けられた席で、決意の光を瞳に宿した龍一郎の言葉に、シアーシャは首を傾げる。

「大本？　どういうことですかな、勇者殿」

このところ別行動が多かったベッツリー団長も、何時の間にか合流していたようだ。

ゴドーやスオヴァネンがいるのは当然として、戦いの間に見知った騎士団の隊長らの顔も見える。

全員ではないのは、残りの者たちは今も魔津波と戦っているからだろう。

「言葉の通りです。出てくるやつらをモグラ叩きみたいに倒してたんじゃ、埒が明かない。だから、その発生源をつぶす」

「そのようなことができるのですかっ？」

「できる――というか、理論上はできるはずなんだ。スオウ？」

呼ばれて前に進み出るのはスオヴァネンだ。

その途端、ベッツリー団長以下、騎士団の面々が胡散臭そうな顔になる。

それもそのはずで、龍一郎の補助魔術師という名目で討伐に参加していたスオヴァネンだが、彼が前線に立ったことは一度もない。常に後方に控え、何をするでもなくただそこに立っているだけ。たまに姿を消す上に、何やらしきりに書付けている彼は、なんのためにここにいるのか、ここにいる必要があるのかと、ひそかに噂されていた。

もっとも、当の本人はそれを気にした様子もなく、また龍一郎も咎めなかったため、表立った騒動は起きていない。

「まずは皆様、こちらを御覧ください」

そう言って、彼が中央にある卓に広げたのは、何やら細かい数値が書き込まれた地図だ。

「これが、魔の森です。そして、こちらがその中心――他国でしたら、迷宮核と呼ばれるものがある場所になります」

「はぁっ？」

期せずして騎士団の面々が同じ声を上げる。

シアーシャも初耳だ。というよりも、まずその迷宮核とはなんなのか？

その疑問は続くスオヴァネンの説明により明らかになった。

「最初の討伐のときに消えた魔物を見て、師匠――ではなく、勇者様が思いつかれたんですよ」

倒した魔物がきれいさっぱり消え失せる。それは、魔宮や迷宮と呼ばれる場所に出る魔物と同じだという話は、シアーシャも聞いた覚えがあった。

　彼女は『そういうことがあるのだ』としか思わなかった事柄だが、龍一郎は違ったようだ。

「通常、そういったものは人の寄りつかない山の内部や、地下深くにあるものですが、勇者様は魔の森が、地表に出たそれではないかと考えられたんです」

　迷宮内には様々な魔物が徘徊（はいかい）するが、その強さや数は核の大きさに比例するという。そして、その数があまりにも増えすぎたときに、本来であれば内部にとどまるはずの魔物が大挙して外に出ることがある。それを魔物暴走（スタンピード）と呼ぶ。滅多にあるものではないが、ひとたび起きれば国を揺るがす脅威となるそうだ。――どこかで聞いたような話だと思ったのはシアーシャだけではないだろう。

「それで私は勇者様に命じられて、魔津波の場所と強さ、それから赤い霧（もや）の動向を調査しておりました。多少時間はかかりましたが、それらの情報を分析し、ようやく大まかではありますが、その発生源とみられる場所を特定できたのです」

　魔の森に分け入った者はいないが、それが果てしなく続くものでもないことは、この国の誰もが認知している。何しろぐるりと山に囲まれた地形で、魔の森の背後もその例に漏れない。ただ、森の影響を受けてかその山にも魔物が出るため、はっきりした大きさが判明しなかっただけだ。

「……ということなんで、そこをつぶせば、もう魔津波は発生しないってことになる」

「で、ですが……どうやってそれを成すおつもりですか？」

「ほんとなら近くまで行って、確認してからやりたいんだけど、さすがにそれは無理だろうし。ってことで、こっからでかいのをブチかます」

「……は？」

聞き間違いだろうか？

龍一郎とスオヴァネン以外の者は、一様にそう思ったことだろう。シアーシャも例外ではない。

「簡単なことじゃないのは俺にも分かってるんで、前々からそれなりの準備はしてきた。できればもう少し削っておきたかったんだけど、そうも言ってられないしね」

その決意には、シアーシャが倒れたことが関係しているのだろう。

申し訳ないと思う反面、自分のためだと思うとどうしようもなく嬉しい。何時の間に、これほど自分勝手な人間になったのかと、驚くばかりだった。


実行は、その翌日と決まる。

それに関連し、龍一郎が命じたのは深い塹壕を掘ることだった。同時に、現在もまだ戦いを続けている地点には通信用の鳥を飛ばし、可能な限り魔の森から離れたところまで戦線を引き下げることを命じる。

「初めて使うやつだから、どれだけ影響が出るのか分からないんだ。だから、念のためにね」

人間以外に馬まで入れるほどの巨大な塹壕は人力だけでは作れず、土の属性を持つ者が手伝った。龍一郎も参加し、更にその前に大きな土壁も作成する。それだけで一日がつぶれたことからも、どれだけの規模か分かるだろう。

そして、その当日――決行は正午。そのときになれば、シアーシャが全員に最大出力で防御の陣を張ることが決まっていた。

「リュー様……」

「大丈夫。きっと成功させてみせるから」

そう言って龍一郎が取り出したのは、一枚の魔法巻物だ。彼が何時も使用するありきたりの紙にではなく、魔物の皮に特殊な加工をしたものを使い、見ただけで強い魔力を感じるそれには、びっしりと魔術言語が書き込まれている。

「念のために説明しておくけど、これ、全部俺が書いたやつだからね。極限まで効率化を狙ったんだけど、それでもこうなっちゃってさ」

龍一郎の手にかかれば、簡素な陣でさえ目を見張るような効果を挙げる。その彼をしてここまでのことが必要な魔術。それは一体、どれほどの威力を持っているのだろうか？

「そういうことで、安心して？　シアは皆を守ることだけに集中してほしい」

「はい、リュー様」

そう言って、シアーシャは一人、塹壕の外に出る龍一郎を見送る。

彼女の全力の防御の陣に、龍一郎自身のそれも重ね、それでも危険と判断すれば彼はここに戻ってくる手はずとなっていた。

仰ぎ見ても、塹壕の中からでは青い空と、その頂点に達しようとする太陽しか見えない。

それがわずかに動き、足元に落ちる影が最短となる。風に乗って龍一郎の声が聞こえてきた。

「魔力充填完了。今から撃つ――いけ、『メテオストライク』！」

シアーシャが見たのは、少し離れた場所から天に向かって伸びる光の柱だ。

それは数秒の間、輝き続け、ぷっつりと姿を消す。その後は何も起きる気配がなく、よもや失敗かと、誰もが思い始めた。

「……あれは、なんだ？」

不意に光の柱の行く末を見つめていた一人が、声を上げる。その声に、皆が空を仰(あお)ぐと、何やら小さな点のようなものが見えた。それは見る見るうちに大きくなり、程なく、炎をまとった岩の塊(かたまり)だと判明する。

「はっ？　な……っ？」

彼我(ひが)の距離がありすぎて、正確な大きさは分からないが、神殿の大聖堂と比べても格段に巨大であることは確実だ。それが音もなく近づいてくる様子は、恐怖以外の何物でもない。

それでも、誰一人としてそこから逃げ出す者がいなかったのは、龍一郎に対する信頼があったからだろう。声もなく全員が見守る中、その岩――隕石は土壁の向こうに消え、数瞬の後にものすごい爆音が辺りを支配した。

「リュー様っ！」

叫ぶ声が掻(か)き消(け)される。音に遅れて爆風が到達し、それに交じった土や木の破片、岩が地表にあるものを吹き飛ばした。激しく揺れ動く大地に、立っていることもおぼつかず、塹壕(ざんごう)の中に入ってきた風に吹き飛ばされないよう、一塊(ひとかたまり)になってただ堪(た)えることしかできない。

永遠に続くようにさえ思われたそれが終わったのは、かなりの時間が経ってからだ。

「リュー様っ！」

そこからいち早く飛び出したのはシアーシャだった。周りが引き留める間もなく、一人外に出る。

見渡すと、周囲の地形はまるで変わっていた。ところどころに生えていたはずの灌木は跡形もなく、大きな岩がゴロゴロと転がり、緑の草に覆われていた地面はあちこちがえぐられて土の色を見せている。動くものは何一つなく……もしや、という絶望的な考えがシアーシャの頭の片隅を過った。

「リュー様っ！　どこですかっ？　リュー様ぁっ！」

「……シア、か？　ごめん、俺、ここ……」

「リュー様っ！」

「ここ……こっち、穴の中。着弾まで確認してたら、逃げ遅れたんだ。で、穴掘って隠れたんだけど、ちょい深く掘りすぎた。一人じゃ出られないんだよ」

声を頼りに捜すと、少し離れたところに、人一人が入るのがやっとという大きさの穴がある。声はその奥から聞こえていた。

シアーシャに少し遅れて出てきた騎士たちが見たのは、その穴のそばで号泣する彼女と、穴の奥からそれをなだめようと四苦八苦している龍一郎だった。

「……御無事で何よりです」

「引き上げてくれてありがとう。助かったよ」

土と埃にまみれているが、龍一郎は無傷だった。

彼が動く度に髪から土が落ち、体からは埃が舞い上がる。だが、それは程度の差はあれシアーシャたちも同じで、まるでどこかの難民といった体たらくだ。

けれど、その顔は一様に明るい。

「魔の森が……消えましたな」

「うん。ちょっと気合を入れすぎたかも。予定だと、ここまでするつもりはなかったんだけどな」

魔の森――かつて、魔の森があった場所、というべきかもしれない。

そこには、うっそうと茂る木々の姿はなく、剥き出しの荒野が広がっていた。わずかに残る木も同心円状に外側にかしいでいる。視認できる限りはそれが続いており、その奥はまだ落ち着かない土埃で茶色く煙っていた。

「奥のほうにでかいクレーター――窪地ができてるはずだ。ダンジョンコアが地表に剥き出しになってるとも思えなかったんで、地下にもダメージが行くようにしたんだけど、おそらく破壊できたんじゃないかな」

「では、もう……魔津波は……？」

「コアが再生でもしない限り、もう起きない――そんな可能性は万に一つもないと思うけどね」

その瞬間、怒号のような歓声が周囲に湧き上がった。

駆け寄る騎士や兵士に龍一郎はもみくちゃにされる。シアーシャはこっそりゴドーが助け出す。

一旦落ち着いてはまた上がる歓声は、その後も長い間、続いていた。

後日。魔の森があった場所に調査のために赴いた騎士たちにより、詳細が判明した。

龍一郎の言葉通り、奥には巨大な窪地が出現しており、周辺の山から湧き出た水が溜まり始めているらしい。そのうち巨大な湖ができるかもしれないとの話である。

また魔の森の背後にあたる山脈の一部は崩れていた。今はまだ瓦礫の山だが、しっかりと整備すれば、この国初の『外』への通路になりそうだ。

加えて、龍一郎らがいた場所以外で戦っていた者たちは、怪我人こそ出たものの死者はなく、魔物は吹き飛ばされたか、あるいは魔力の供給元を失って消え失せたのか、その姿は確認できなくなったという。

「……これで、やっとお役御免だな」

「リュー様？」

「戻ったら話すよ。今まで秘密にしてたことも全部、ね」

そう言う龍一郎の顔は、何か吹っ切れたような表情だった。

久方ぶりに戻る神殿は、それこそ祭りのような盛り上がりだった。
龍一郎のやらかした——しでかした、やり遂げたことは早馬により、すでに知らされているらしい。初戦の凱旋のときのものがかわいらしく思える規模の宴の用意がされている。英雄の到着を待

ちきれず始めてしまった者もいるようだ。

当然ながら龍一郎の出席も求められたが、彼は疲労を言い訳に、ほんの一瞬顔を出しただけで、すぐに自室に戻る。

「おかえりなさいませ、リュー様」

シアーシャも同じく招待されていたが、やはり疲労しているから、と断っていた。龍一郎とは違い、無理に出席をすすめられなかったのは、侶伴は勇者の添え物という認識とは別に、神殿とはかかわりなく『聖女』と呼ばれるようになっていた彼女を、煙たく思う者がいたからかもしれない。

けれど、そんなものは、龍一郎と二人でいられる喜びに比べれば、ほんの些細なことだ。

「ただいま、シア。なんか、ここに戻ってそうやって出迎えてもらうと、ほんとに終わったんだって実感がするな」

「まぁ……」

龍一郎がこちらへ来て半年以上が過ぎているが、この部屋で過ごしたのはその半分にも満たない。最初の二ケ月以外は、連戦の合間にほんの一日二日、戻れればよいほうだった。

それでも、彼がここを戻る場所だと感じるのは、おそらくはシアーシャと同じ理由だ。

「私も、リュー様とまたここに戻ってこられて嬉しいです」

侯爵家の薄暗い部屋でもなく、神殿の狭い個室でもなく、ここが自分の居場所だと思えるのは、ここに龍一郎がいるからだ。

ただ、こうして、ここにいられるのはあとわずかだった。

魔津波が収まったと確定すれば、龍一郎は叙爵される。どこに領地を賜るのかは分からないが、以後はそこが新たな『帰る場所』になるだろう。

そのときになっても、自分は龍一郎のそばにいられるのだろうか？

ふと、そんな不安がシアーシャの頭を過る。

侶伴は、そのまま貴族となった勇者の妻として迎えられるのが通例だ。求婚こそされてはいないが、龍一郎が自分を愛してくれているのを疑ったことはない。だから、心配することは何もないはずだ。

だが……今まで気にもとめていなかったが自分はまだ貴族の令嬢なのだろうか？　それともすでに籍を抜かれ、平民になっていたとしたら……

「……シア、どうかした？」

「いいえ、リュー様。なんでもありません」

漠然とした不安を振り切り、龍一郎に向き直る。

「そう？　疲れてるなら後にしようかと思ったけど――今、話しても大丈夫かな？」

その言葉に思い当たることは一つしかない。

「はい、リュー様。お願いします」

シアーシャが返答するのと同時に、室内の空気が変わる。龍一郎が盗聴と侵入を拒む魔法陣を展開したのだろう。

手招きで座るように促され、何時ものようにソファに並んで座る。彼は懐から一枚の紙を取り出した。

それは、古びた魔法紙だ。ただし、そこには何も書かれてはいない。

「リュー様、これは？」

「禁書庫から持ってきた」

「えっ？」

なんということをしているのだ。発覚すれば、如何に勇者であろうとただでは済まない。

「大丈夫。これ、俺宛の手紙だし――俺のものを俺が持ってて何が悪いよ？」

「は？　え……？」

「順番を追って話すよ。初代の記録が見たくて禁書庫の閲覧許可をとったのはシアも知ってるよね」

その言葉に頷くと、龍一郎は先を続ける。

「この国の礎を築いた初代の記録なんだから、さぞや厳重に保管されてるだろうと思ってたのに、奥の奥で埃を被ってて、ちょっと驚いた。まぁ、それはどうでもいいんだけど――」

さすがに千年も経てば、たいていのものは風化しボロボロになる。初代の記録もその例に漏れず、判別できるものは少数だった。けれど、その中に一つだけ、違う様相を呈していたものがある。

「なんていうのかな……呼ばれた気がしたんだ、それに。箱の中にまとめられてたんだけど、それの一番底にあったやつ。千年前のじゃなくて、つい最近のみたいにしっかりしてて、けど白紙で。間違って紛れ込んだのかとも思ったけど、箱に積もってた埃もすごくて――だから、取り出して、試しにちょっと魔力を流してみたんだよ。そしたらさ。文字が浮かび上がってきて、それで俺宛だって分かった」

「で、ですが……初代様に関するお品、ですよね？」

千年前の話だ。それがどうして、龍一郎宛となるのか、全く意味が分からない。

「見てもらったほうが早いよな。ほら」

そう言って、龍一郎が軽く魔力を流すと、白紙と思われたそれに何やら文字が浮かび上がる。けれど、それはシアーシャがこれまでに見たことのない形をしていた。

「これ、日本語。俺の故郷の言葉だ。ああ、違う、左から右に横へじゃなくて、右から左、縦に書かれてる。で、その中身はね……」

彼女には読めないそれを、龍一郎が声にして読み上げてくれる。


まだ見ぬ君へ——

我が人生の終末を間近にした今、これを書き記す。

これを読んでいる君は、須田の姓を名乗る者だろう。私と同じ血を持つ者にのみ、読めるように細工したため、それは間違いないはずだ。

その君に、まずは謝罪をしたい。

君が普通の生活から突然引き離され、見も知らぬ世界に喚ばれることになったのは、すべて私のわがままからだ。

それについては、まず、私のことを語るべきだろう。

本来ならば、私は戦闘機で敵艦に突っ込み、華々しく散る定めだった。

目の前に迫りくる鉄でできた山のような敵軍の空母は、数十年を経た今でも夢に見る。

それがどのような神の采配か、機体が爆散する直前、この異世界に来た。

当たり前だが、何がどうなっているのか、全く分からず混乱した。

周囲にいる者は私とは違う髪と目と肌の色をしており、最初は敵軍の捕虜になったのだと信じたくらいだ。その誤解はすぐに解けたが、代わりに判明したのはまだ形も整いきっていないこの地、この国に未曽有の危機が訪れているということだった。

死する寸前に救われたにもかかわらず、またも死に直面することになるとは、どのような冗談だと思ったものだ。

当たり前だが、私は死にたくなかった。一度は死を覚悟したからこそ、生きたかった。

幸いなことに、私には何時の間にか不思議な力が備わっていた。

私はその力をふるい、友となったこの新しい国の王や、その配下たちと死力を尽くして戦う。

このころには、たった一枚の赤い紙で私に死を命じた祖国よりも、ここが私にとって大切な場所となっており、そのために力をふるうのは私にとっては当然のことになっていたからだ。

戦って、戦い抜いて、ついには魔津波に対して勝利を収めた。

あのときの歓喜は、私の生涯の中でも最高のものとして今も鮮明に思い出せる。

けれど、聞けば魔津波はこの一度だけではなく、何度も押し寄せるものだという。

今回はかろうじて勝利を得ることができたが、この次となるとどうなるかは分からない。

それ故に、この国、ひいては共に戦った友や仲間の未来のために、私は一つのものを作ることを思いついた。

私がこちらに来たのは偶然の産物だったが、それを恣意的に引き起こす魔法陣だ。

これについて、君は否定的な意見を抱くかもしれない。当然ながら、私も悩んだ。

私にとっての転移は福音だったが、誰もがそう思うとは限らないことも重々承知している。

そこで、私はこの魔法陣に条件を与えることにした。

大前提として、私と同じ能力を持ちうることの他に——
一、召喚されるのは、理不尽な死の直前であること。
二、悪心を抱かず心身ともに健全な者であること。
三、祖国とは全く異なる世界に順応するに足る柔軟な精神を持つ者であること。
主なものはこの三つだ。

一つ目は私自身のため、二つ目はこの国のため、三つ目は召喚された当人のためだ。

これを諮った我が友は快く了承してくれた。

それを受け、長い年月と試行錯誤の末に私は召喚の魔法陣を作り上げる。

そして、私は友と話したものの他にひそかに二つの制限を付け加えた。無論、誰にも内緒でだ。

その一つが、召喚できる回数を限定することである。

十回。それが私が選んだ回数だ。

この国に召喚するということは、誰かの運命を強制的に変えるということだ。死に瀕(ひん)した者だけを選ぶとはいえ、神ならぬ私がやってよいことではない。

それでも私は、友が、仲間が必死で作り上げたこの国を救いたかった。

魔津波は凡(およ)そ百年に一度、この国を襲うと聞く。その度に召喚されるとして、十人目になるころには千年に近い歳月が経っているはずだ。我が祖国の歴史には及ばずとも、千年は長い。その間にこの国に生きる者が、自らの手で魔津波を収める術(すべ)を見つけるのは不可能ではないだろう。あるいはそれよりも前に成(な)し遂(と)げられ、魔法陣が無用の長物(ちょうぶつ)になるのなら、それはそれで私の本望である。

けれど、もしも、千という年月を経て尚、強制的に己の運命を変えられた者に頼らざるを得ない状況なのだとしたら。私は、私のしたことが間違っていたと認め、その責任を取らねばならない。

故(ゆえ)に、十人目。最後の召還にだけは、私と同じ血が流れる者を選ぶように設定した。

それが君だ。

君には私に成り代わり、この国がたどってきたであろう歪(いびつ)な歴史に幕を引いてほしい。

勝手な願いだとは重々承知している。本来ならば私自身がなすべきことではあるが、千年を生きるのは不可能だ。だからこそ、おそらくは兄、源一郎(げんいちろう)の血を引いているであろう君に託す。

身勝手な叔父ですまない。

私のことを恨んでも憎んでもいい。だが、どうかこの願いだけは叶えてほしい。

そのことだけを切に願い、筆を置く。

グウェン・ジーロ　こと　須田　源二郎(げんじろう)

長い手紙を読み終え、龍一郎がぽつりと呟く。

「俺の爺さんの父親——曽爺さんには、年の離れた弟がいたそうだ。そのころ、俺の国は戦争をしてて、その弟は兵隊にとられて戦死したって聞いたことがある。神風で特攻したんだって話だったけど、まさか八十年近く前に時代を先取りして異世界召喚なんてなぁ……それと須田家ってのは広がらない家系で、爺様には姉妹はいても男は一人で、俺の親父も一人っ子だった。だから、須田って名字を名乗るのは今じゃ俺一人だ」

その龍一郎の様子からして、手紙に書かれていた初代の素性は間違いないのだろう。

それ以外にも、シアーシャにとっていくつかの驚きがあった。

まずは、召喚の魔法陣だ。

あれは、初代の王の子が作ったものだと伝えられている。この国の守りの要であり、王家、並びにその彼が興した神殿が国民から尊崇を集める原点ともなっているそれに、勇者が携わったとは聞いたことがない。

そして、召喚の条件。

これまでの勇者が年若い者ばかりだったことと、龍一郎のみがそれから外れていた理由がそれで説明が付く。

そして、最後に——

「グウェン・ジーロ……とは、初代様のお名前でしょうか？」

「後藤がゴドー、鈴木がベッツリーだからな。源二郎がなまってそうなったんだろうな」

「その家名……私の亡くなった母の実家、です」

「……は？」

「しがない男爵家で……母は一人っ子でしたので、婿を取って継がせる予定だったそうです。ですが、それができなくなり祖父の死で断絶したと聞きました」

「一応聞くけど、勇者の末裔とかいう話は？」

「母からは聞いたことはありませんので、おそらくは……」

千年は長い。その間に自然と失伝した可能性もあるが、召喚の魔法陣を作り上げた業績を奪われていることを考えると、そこに恣意的なものがなかったとは思えない。

それを思えば、細々とではあっても、血を繋いでこられたことが僥倖だとすら考えられた。

「……まぁ、なんだ。この国の上のほうが腐りきってるってのが再確認できた、ってことだな」

龍一郎も同じことを考えたようだ。

「リュー様……どうなさるおつもりですか？」

「……この手紙を読んでからこっち、いろいろ考えてはいたけど、最終的な結論を出すのには迷ってる。まだ、最後のピースが埋まり切ってないからな」

「……幕を引く、と……？」

「うん。それはそのつもり。ただし、曽叔父さんの遺言じゃあるけど、実際に何をどうやるかは、俺が決める。それくらいの自由裁量権は持たせてもらわないとね」

魔の森にあった核をつぶし、魔津波に関しては『幕が引かれた』と解釈できる。けれど、手紙の中で初代——源二郎が求めていた結着は『この国の』だ。

「……私は、リュー様についてまいります。どこまでも、何があろうとも」

勇者、聖女ともてはやされる立場から、一転して裏切者、反逆者と誹られようとも。


その夜の龍一郎は、ひどく優しかった。

普段が自分勝手で乱暴だ、という意味ではない。ただ、常よりも丁重に、熱心に、己の快楽よりもまずシアーシャのそれを優先した。

「あっ……あ、あっ！　リュ……さま……っ」

とうの昔に、二人とも着衣は脱ぎ捨ててしまっている。

長い連戦の間、こういうことをする暇などなく、そんな余力もなかった。

だが、今は首筋といわず、胸元といわず——シアーシャの細い体の背中にまで散った赤い花は、龍一郎の情熱の証であると共に、戦いの日々が終わったことの証左でもある。

丁寧に、優しく、時間をかけて高められ、すでにシアーシャは何度か頂点を極めていた。けれど、まだ龍一郎のソレを身の裡に受け入れてはいない。

すっかりとほころんで、だらだらと蜜液をあふれさせるソコに顔をうずめ、唇と舌での愛撫に集中している彼の腰にあるモノは、隆々と天を向いてそそり立っているというのにだ。

「リ、リュー、様……も、う……あ、あっ！」

ぬるりと、舌先が狭い蜜洞に入り込む。指とも肉棒とも違う感覚に、体が震えて新たな熱い液体がどっとあふれ出る。

彼が舌先でそれを掬い取り、音を立てて飲み下される音が聞こえ、シアーシャは羞恥で死んでしまいそうだ。いや、それよりも前に、すぎる快楽に心臓が止まるかもしれない。

「や、も……！　やっ、それ……だめ、ぇっ！」

ひとしきりその蜜を味わった後、龍一郎は少し上にある箇所に標的を変える。

薄い莢に包まれ、普段はひっそりとその存在を隠している小さな芽は、今や薄皮を脱ぎ捨てて、ぷっくりとふくれ上がっていた。赤く充血し、針を刺せばそのままはじけてしまいそうなほどになったそれを、龍一郎が唇で包み込み、軽く歯を立てる。

「っ！　い……っ、ああ……っ！」

たったそれだけの刺激で、シアーシャは達してしまう。けれど、龍一郎はそれだけでは許してくれず、なおもそこへの愛撫を続けた。

「っ！」

達すれば、あとは墜ちるだけ。そのはずだ。けれど、その前に新たな刺激を与えられ、それによってまたも押し上げられ――昇り詰めるばかりで、降りられない。

「ひ、あっ……いっ、っ……！」

すぎる快感にシアーシャの息は詰まり、閉じた目の裏では、白い閃光が連続して爆発を繰り返している。

声を抑えようにもその余裕があるはずもなく、そもそもが喉から出るのは嬌声というよりも切れ切れの喘ぎだけだ。

「っ！　あ、……も、ゆる……し……あ、ああ、あっ」

それでも、龍一郎に快感がどのようなものかを教え込まれた体は、貪欲にそれをむさぼってしまう。いっそ、意識を失えればそのほうが楽だろうに、次々に与えられる快感がそれを許さない。

目じりからは生理的な涙がこぼれ落ち、なんとか絞り出した声は、哀願の響きを帯びていた。

それにより、龍一郎もやっとシアーシャが限界に近いことを悟ったようだ。

「……ごめん、つい……」

「リュー、さま。も……私っ」

はあはあと荒い息の下から懇願すると、謝罪の言葉と共にやさしい口づけが落とされる。

「ごめんね……愛してるよ、シア」

ゆっくりと姿勢を変えた龍一郎が、横たわるシアーシャに覆い被さり、蜜口に硬いものが当たった。

そのまま腰を進められ、とろけ切ったソコが柔らかく龍一郎のモノを呑み込んでいく。

「あっ……ああっ！」

求めていたものを与えられ、ぎっちりと細く狭い蜜洞を満たされ――奥の壁に当たるほど深く埋め込まれた瞬間、またも達してしまう。

「あっ……リュー、様……っ！　も、っ……あぁ、んっ！」

「くっ……シアっ……すごっ、柔らかく、て……きつっ……！」

内部の粘膜が歓喜に蠢き、龍一郎に絡みついているのが分かる。全身の神経が過敏なほどに研ぎ澄まされ、ソコは特に顕著だ。

入ってきたときと同様に、ゆっくりと退かれ、また分け入ってくるごとに小さな死が訪れる。

「あっ！　ああっ……気持、ち、いっ……リュー、さ……っ！」

「シア……好きだっ……大好きだっ」

「ああっ！　リュー、様っ……わ、たしもっ……ああんっ！」

すでに意識は朦朧としており、自分がどこかに逝ってしまうように錯覚したシアーシャは、龍一郎のたくましい体に必死でしがみつく。

互いの名を呼び、身も心も一つになるほどに二人して抱きしめ合って――この夜のシアーシャは限りなく幸せだった。

最終章

王宮からの使者が神殿を訪れたのは、龍一郎とシアーシャが戻って五日後のことだった。

きらびやかな衣装に身を包んだ使者が、謁見の用意のためにこれから王宮へ移動するようにと、横柄な態度で告げる。

「陛下に於かれましては、この度の勇者の働きにいたく御満足なさっておいでで、拝謁の栄を賜ることをお許しになられました」

「それはまたありがたいことで……」

口にした内容とは裏腹に、全くありがたく思っていないだろうことが分かる口調だ。そんな龍一郎に、何時もながらにシアーシャは気をもむが、使者はそれを咎めることなく口上を続ける。

「つきましては、王都へ同行いただきたい。尚、これ以後、勇者が神殿に戻られることはないと心得られよ」

それは同席した司教らに向けられた言葉のはずだ。だが、なぜかシアーシャに対して一瞬ではあったがその視線が向けられたことに、龍一郎は気がつかなかったようだ。

連れていかれた王都――龍一郎は勿論だが、シアーシャも訪れるのは初めてだ。

王の住まう宮殿のある都と、神殿のある場所とはかなりの距離がある。

建国当時は、神殿のある場所が国の中心だったが、その後、少しずつ領土を広げた結果、神殿は王国の北――魔の森に近い位置に残り、王宮は南部に移転した。それ以後、召喚の陣のある神殿は、神に仕える者たちの中心であると共に国防の要ともなったのだ。

王都は、鄙びて落ち着いた風情の神殿の都市とは違い、にぎやかで活気に満ちた場所だった。

通りの両脇に商店が並び、様々な品が売られている。食品を扱う店では、北では見たこともないものが多数並べられていた。行き交う人々の服装も色とりどりだ。

中央にそびえる王宮は壮麗の一言で、いくつもある尖塔の上には王家の旗が翻る。正門を通り車寄せに着く間にも、手入れの行き届いた庭園が見られた。建物自体もいくつもの棟に分かれており、奥行がどれほどあるのか、正面から見ただけでは見当もつかない。

「魔の森の近くとは、えらい違いだ」

馬車の窓からそれらを見た龍一郎が、ぽつりと呟く。

彼の感じているであろうことは、シアーシャも理解できる。

辺境と中央で違いはあって当然だが、凡そ百年ごとの魔津波の脅威におびえる北部とここ南部では、まるで違う国に来たかのようだ。

共に転々とした北部では、どれほど小さな町であっても強固な石壁に守られ、内部もいくつかに区分けされていた。万が一、魔物の侵入を許しても、その被害を最小限に抑えるための工夫だ。

しかし、王都では周りを取り囲む壁はあっても、隔壁は存在していないようだ。

「なんていうのかな……他人事？　そんなふうに思ってるんだろうなぁ」

「リュー様……」

「そもそもの話、全部が終わってからやっと王様に謁見できる、ってのがさ。まぁ、三日もかかるんじゃ、国のトップがそうそう留守にもできないとしても、使者を送るとかはできるだろ？　別に、ありがたがって拝めなんて言うつもりはないけど、自分の国を守ってくれる相手に、そりゃないよな」

　シアーシャにとって、国王とは教皇以上に雲の上の存在、文字通りの天上人だ。そのような存在に、自分が拝謁できるかもしれないなど、考えたこともない。

けれど、龍一郎は異世界から来た。そこは貴族も王族も存在しない場所で、人はみな平等なのだという。だからこその感想だろう。

　けれど、彼女としても、その龍一郎の言い分に納得できる部分もある。

　彼の言葉ではないが、国のために戦い、魔津波を食い止め、最終的に完全に沈黙させるという偉業を成し遂げた龍一郎を、あまりにも軽く扱いすぎているのではないだろうか。

　移動のために用意された馬車は豪華な仕立てで、護衛の数も十分だ。だが、小休止や途中の町で宿をとった折の彼らの行動は、守るというよりも監視する者のそれのように感じられた。

　シアーシャも、魔津波討伐を通して周囲に武器を持った者がいるのに慣れ、彼らに囲まれて安心するようになっている。このように不安を覚えることはない。

　スオヴァネンやゴドーの同行が、今回は許されなかったことも関係しているのかもしれなかった。

「リュー様……」

なぜか、悪い予感がして、隣に座る龍一郎にそっと寄り添う。

「大丈夫。何があっても、シアは俺が守るから」

優しく肩を抱かれ、安心させるように囁かれ――けれど、それでもどうしても一抹の不安がぬぐえなかった。


王宮に着いてすぐ、二人には控えの部屋が与えられた。

ここで旅の間についた埃を落とし身支度を整えたのちに、王の謁見を賜るのだそうだ。

だが、龍一郎もシアーシャも貴族ではない。伝統と格式にのっとった礼服や、きらびやかなドレスなど持ち合わせるわけがなかった。特にシアーシャは龍一郎の侶伴で『聖女』とも呼ばれてはいるが、正式な身分は相変わらず一介の巫女でしかないため、着替えるといっても新しい巫女の衣に替えるだけだ。

それは龍一郎も同じことだが、黒を基調とした勇者の服は、さすがに神殿が総力を挙げて作り上げただけあり、王宮にあっても見劣りするようなものではない。改まった場ということで、普段は下ろしている前髪もきれいに撫でつけ、凛と立つその姿は伝説の勇者の名にふさわしい。

「……なんだよ、シア。そんな、まじまじと見て？」

何時もとは違う髪型に違和感があるのか、しきりにそちらを気にしながら、龍一郎が問うてくる。

「ふふっ……少し見とれておりました」

「見とれるって……見飽きたの間違いじゃ？」

「リュー様を見飽きるなんてありません」

軽口の叩き合いではあっても、シアーシャの言葉は本心からのものだ。

初めて龍一郎を見たとき――もう半年以上も前のことだが、そのときのことは鮮明に思い出せる。

髪はぼさぼさ、服装はよれきっていて、目の下には濃い隈があり、無精髭まで蓄えていたあのときの龍一郎と、目の前にいる彼とでは全くの別人に見える。下手をすれば四十過ぎかと思ったほどなのに、今の龍一郎なら二十代でも通るだろう。

そういえば――とシアーシャが思い出したのは、龍一郎が無事に初戦での凱旋を飾り、神殿に戻ったときのことだ。

それまで、シアーシャやゴドー、スオヴァネン以外の神殿の者たちにはほとんど姿を見せなかった龍一郎の雄姿に、一時は絶えていた他の巫女たちからの猛烈な売り込みが殺到した。

今回の勇者はさえない中年男。そんな認識がようやく覆されたのは、シアーシャとしても歓迎すべきことではあったのだが――

『ご入浴のお世話を……』

『いらない、一人でやる』

『お着替えのお手伝いを……』

『一人でできる』

『お食事のサーブを……』

『侶伴にやってもらうからいい』

庶民も貴族出身の巫女も、同じように食い気味にバッサリと切り捨てていく様子を見て、はらはらしたのはシアーシャだけだ。当の龍一郎はといえば――

『中高生の男子なら舞い上がって踊らされるんだろうけどね。生憎と俺はそこまで初心じゃない。大学生のころはそれなりに遊んでたし――って、昔の話だからね！　最近は仕事に追われて彼女いない歴五年くらいだったし、今はシアだけだからっ』

経験豊富な大人の顔と少年のような純朴さを交互に見せる龍一郎に、彼には悪いがシアーシャは笑いを堪えることができなかった。

「……そうだな。俺も、シアを見飽きることなんかないしな。ずっと見ていたいくらいかわいくて、きれいだ」

「リュー様っ」

そんなことを思い出していたせいか、不意打ちの龍一郎の言葉に顔が赤くなる。王への謁見を控えて緊張し、張り詰めていたものが少しだけ緩んだ。

とはいえ、こちらの準備ができたからといって、すぐに王に謁見が叶うというものでもないようだ。ノックの音がして二人の待つ部屋に入ってきたのは、見るからに高位貴族であると分かる風体の男性だった。

「お待たせをいたしておりますが、今少しお時間を頂きたく――それと、勇者殿に御覧いただきたいものもございまして」

宰相だというその男性がそう前置きをし、付き従っていた者が一枚の書類を広げる。

「……これは？」

「勇者殿を、この国の新たなる貴族としてお迎えするためのものになります」

龍一郎のそばにいるため、シアーシャにもそれが自然と目に入る。

ざっと見たところ、龍一郎は侯爵として遇せられるようだ。領地は、地名からして王都の西――シアーシャが実際に見たわけではないが、風光明媚なところとして有名な場所だ。その他、魔津波討伐の功として国からの褒賞の額などが流麗な飾り文字で記されている。

そして、その一番下にあるのはシアーシャも知っているこの国の国王の名前だ。隣の赤い蝋を垂らしたものの上に押されているのは、御璽というものだろう。

「これにサインしろと？　――これ、魔法皮紙だよな？」

「さようです。これは我が国と勇者殿との魔法契約となります。魔法契約につきまして、ご説明が必要でしたら――」

「いや、いい。それなら、俺の侶伴に聞いたことがある」

龍一郎がそう言う。シアーシャにも確かにその記憶はあった。

魔法契約とは、簡単に言えばその書面に書かれた条項で、署名した者を魔法で縛るものだ。通常の契約とは異なるのは、基本的に破棄ができず、万が一それをたがえた場合は魔法による懲罰が与えられる。罰則の内容は肉体的、あるいは精神的苦痛から、死まで様々だ。さすがに死というのは滅多にないし、そもそもが契約が結ばれた時点で『縛られる』ため、罰則とは『それほど重要なものである』という目安のようなものになっている。

「契約がなされれば、以後はどのような改変もできません。よく読まれ、御納得いただければご署名を」

「中身については了承した。だけど、俺は判？　印章？　みたいなものは持ってないんだが？」

「魔法契約はその者の本質を縛るものです。ですので、勇者殿には御自身の母国の文字でお書きいただければ、と――勇者殿のお名は『スダリュウイチロウ』と伺っておりますので、それを――」

「……ふうん……」

促(うなが)され、龍一郎がペンをとる。添えられた小さな容器の中身は魔法インクだろう。それをとっぷりとペン先につけ紙に近づけると、彼はさらさらと書(か)き記(しる)す。

この国の文字とは全く違う、四角張って複雑なそれは、シアーシャが初代の手紙で目にしたものと同じだ。

宰相はそれを一旦取り上げると、傍(かたわ)らにいた学者風の男性に確認させる。その後、再度、龍一郎に向き直った。

「この場において偽(いつわ)りは許されません。こちらは、間違いなく勇者殿のお名であられますな？」

「間違いなく、それは『スダリュウイチロウ』と読むよ」

龍一郎がそう言った途端、紙が淡い魔法の光を放つ。

「これにて魔法契約が締結されました」

宰相が満足そうに頷(うなず)き――それとほぼ同時に、謁見(えっけん)の用意が整ったとの知らせが来たのだった。

王への謁見のために案内された部屋は、意外にもシアーシャが想像していたよりも小さかった。とはいえ、彼女が想像していたのは神殿の大聖堂ほどの広さであり、それに比べてというだけで、十分に大きく、そして豪奢だ。

壁にはずらりと近衛兵が並び、その奥の一段高い場所、真紅の天蓋の下にあるのが王座だろう。基本的には教皇に拝謁した折の御座所と同じだが、あちらのほうが宗教色が強く、その分落ち着いたたたずまいなのに比べ、こちらは贅を尽くしたという表現がぴったりくる。

龍一郎と共に、シアーシャはその謁見の間の中ほどまで進み、そこで跪き首を垂れる。

教皇との初顔合わせの折の龍一郎は立ったまま対峙していたが、ここではさすがに片膝をついて頭を下げているのが視界の端で確認できた。

「よくぞ来られた。勇者とその侶伴よ」

下げた頭の先、部屋の奥から聞こえてきたのは、先ほど会ったばかりの宰相の声だ。まだ王からの言葉はない。

「まずは楽になされよ。勇者は召喚されて日も浅く、いまだ我が国の儀礼には通じておらぬことを鑑み、この場は略式とし、民への披露目はまた後日に行うものとする」

略式ということは、多少の非礼は許されるということだ。そのことにほっとしつつ、シアーシャは龍一郎と共に立ち上がる。

「では――勇者のみ、御前に進み出よ。陛下より、お言葉が賜れる」

その言葉で、龍一郎が数歩前に出ると、そこでまた片膝をつく。

ここに入る前に、簡単だが儀礼についての説明は受けていた。龍一郎が素直にそれに従うか、シアーシャは内心で危惧していたのだが、今のところは素直に従ってくれている。

「……そのほうが此度の勇者か」

シアーシャが初めて聞く王の声は、幾分しわがれていた。確か、年齢は五十を過ぎていたはずだ。略式とはいえ直視するのは憚られたため、龍一郎の背中に視点を据えているが、近い場所にいるために自然と視界に入る。

赤い髪は火の属性が強いからだろう。玉座に座していてもかなり恰幅がいいのが分かる。表情までは確認できないものの、龍一郎にかけた声は上機嫌な者のそれだった。

「神殿、並びに魔津波討伐騎士団より報告を受けておる。稀に見る速さで魔津波を収め、尚且つ、その根本までを滅した功により、勇者には我が国の侯爵位を授けることとする」

「……ありがたき幸せに存じます」

これまでの魔津波は、短くて一年、最長で二年半。それが、たった半年で大本まで消滅させたのである。王が喜ぶのも当然だ。

魔法契約がなされ、今また、王の直々の言葉により、これで龍一郎はこの国の貴族、それも高位に属する侯爵となった。

シアーシャは爵位には興味がないが、龍一郎の成したことが正当に評価されたことに、嬉しさが湧き起こる。

けれど――

ざっ、と。空気が動いたかと思うと、気がつくと彼女は、壁に居並んでいた近衛に囲まれていた。

「シアっ？」

その気配に龍一郎が叫んだときには、「何が？」と思う間もなく、そのまま更に下座へ連れていかれている。

「……どういうことだ？　なんでシアを連れていく？」

当然すぎる龍一郎の問いに答えたのは、王ではなく宰相のほうだった。

「勇者殿は、我が国の侯爵となられました。それに伴い、怖れ多くも陛下より、王女のお一人を妻として賜られます」

「……は？　誰がそんなことを望んだ？　俺が妻に迎えたいのはシアだけだ」

立ち上がり、儀礼も何もかなぐり捨てて、龍一郎がシアーシャに駆け寄ろうとする。けれど、その前に近衛が抜きはらった剣の先が、シアーシャに突きつけられた。

「シアっ！　これは、なんの真似だっ？」

動きを封じられた龍一郎の怒りに満ちた声が、謁見の間にこだまする。それでも、王以下のこの場に居並ぶ者たちに動じた様子はない。

「侶伴につきましては、王と神殿の許可も得ず『聖女』を僭称していたことが反逆の罪にも等しいと判断されました。ですが、魔津波討伐に功があったのも確か。故に、罪一等を減じ、この後は生涯を神に捧げ、神殿にて奉仕することが命じられます」

「……ふざけるのもいい加減にしろ。なら、なんでそのときに咎めなかった？　こき使うだけこき使って、最後がこれだとっ？」

龍一郎の怒りはもっともだ。けれど――シアーシャは、心のどこかでこんな結末を予感していたように思う。

体に流れる血には、確かに高位貴族のそれが交じっているが、そう扱われたことは一度もない。要らぬ者とされ、数ならぬ者として扱われ、たまたま勇者である龍一郎の目に留まっただけ。

聖女と呼ばれるようになったのも、龍一郎の魔法陣のおかげであり、シアーシャ自身には特出した能力はないのだ。

そんな自分が、何時までも龍一郎のそばにいるのは――彼自身がどれほどそれを望んでくれていたとしても、それ以外の者が許しはしないだろう、と。

「――尚、これよりは勇者殿はその忠誠並びに能力のすべてを我が国、並びに我が国王陛下へ捧げることをお誓いいただきます」

宰相が龍一郎の怒りを意に介したふうもなく、そう宣言する。

「いい加減黙れ。でもって、さっさとシアを解放しろ！」

「黙るのは、勇者殿。貴方のほうです――『スダリュウイチロウ』殿？」

その瞬間、淡い光が龍一郎の体を包み込む。

「は？　……なんだ、これ？」

「お忘れですかな？　この書面を。これに、勇者――いや『スダリュウイチロウ』殿は、御自分で署名をなさったことを?」

そう言って宰相が掲げたのは、先ほど、龍一郎が署名した魔法契約書だ。

けれど……どこか違う。

シアーシャが拘束されている場所からでは仔細は分からないが、遠目にもそこに記された文字の数が彼女が見たものとは異なるのが分かった。

「ここに、ほら。記されてございます――『生涯を通じ、王国と王に忠誠を捧げ、持てるすべての力をもって尽くすことを誓う』と、ね」

「隠し文字? ……騙して署名させたってか? そんなものは無効だっ!」

「隠されていようといまいと、これが最初から記されていたのには変わりありません……それにしても、まだ抵抗する気力が残っているのですか? さすがは勇者、と言ってもいいでしょうな。ですが、それも時間の問題です」

龍一郎の体を包む光が強くなったかと思うと、彼はがくりと膝をついた。

「……ぐ、ぅっ」

「リュー様っ!」

「苦しいでしょう? 逆らうからですよ。命まで取りはしませんが、勇者殿が抵抗すればするほど、その苦痛も強くなります。あきらめて素直になられることをおすすめいたします」

悦に入って話す宰相を、龍一郎が憎々しげに睨みつける。

「……俺の、前の勇者たちにも、こんなことをやったのか……?」

「さて？　百年以上も前のことですので、私には分かりかねますが……ただ、申し上げるとしたら、この魔法契約は代々、王家に受け継がれていたものということですかな」

「なんで……そんな？」

「人外めいた力を持つ者をそのまま野放しになど、危なくてできませんよ。それに、そもそも勇者とは神が遣わされた者。それが、実は違う世界から来た平民だったなどと、吹聴されてはたまりません。なので、ほら、こちらには『己が来歴をみだりに口にすることを禁ずる』とも書いてあるのですよ」

完全に禁止されているわけではないにしても、話せば苦痛が伴うと分かっていれば、自然と口をつぐまざるを得ないだろう。ゴドーはともかく、ベッツリー団長の家に、家を興した勇者の詳しい話が伝わっていない理由もその辺りにあるに違いない。

「……そろそろよろしいですかな？　あまり王をお待たせするわけにもいきませんし」

「この……くそったれ、が……っ」

すでに上体を起こしているのも辛いようで、龍一郎は両手で自分の体を抱きしめるようにして、床の上に蹲っている。

それでも顔だけは前を見据え、王と、その隣に立つ宰相を睨んでいた。

「確かに、面白い見せものではあるが、少々飽きてきたな」

「は。申し訳ございません」

王が単調な口調で言う。龍一郎のことを完全に見下しているのだろう。

できることなら助けに駆け寄りたいのに、剣に阻まれて叶わない。そんなシアーシャの視線の先で、とうとう龍一郎は力尽きたように床に倒れ伏してしまう。

「リュー様っ！」

「ふむ。もうよいか……起きよ、『スダリュウイチロウ』」

だが、王がそう声をかけた途端、ふらふらと起き上がった。

「こちらに来て、我が前に跪け――伏して、忠誠を誓うがよい」

その声に、ゆらりと体を傾ける。後ろからではその表情は見えないが、俯き加減によろよろと進み、やがて王の前で両膝をついた。それればかりか、両手までを床につき、まるで額ずくような姿勢をとるではないか。

「リュー様っ！　お気を確かにっ」

龍一郎は誇り高い男だということを、シアーシャは知っている。自分が納得しなければ、たとえそれがどのような身分の者であろうとも、首を垂れることはない。

その彼を無理やり従わせ、このような屈辱的な姿勢を取らせるなど、許せるわけがなかった。

「リュー様っ！」

「……うるさい。黙らせよ」

「リュー……きゃぁっ！」

ドン、と後ろから突き飛ばされ、彼女は床に倒れ込む。更には、片腕を取られ捩じ上げられた。

「いっ……っ！」

手加減はされているのだろうが、痛みのために声が出せない。それでも必死で頭を上げ、龍一郎の姿を追う。

「誓うがよい」

嗤いを含んだ声に、龍一郎がのろのろと頭を上げ、かすれた声で誓いの言葉を口にする。

「……私、スダリュウイチロウは、これより我が忠誠と、我が持てるものすべてを……この国と、国王陛下に捧げ……ることを、ここに誓……」

「い、いけませんっ、リューさ……うぁっ！」

痛みに歯を食いしばりながらようやく出した声も、捩じり上げられた腕に力をこめられたことで、途切れてしまう。

もう、どうしようもない。

そんな絶望が湧き上がり、涙が一筋、シアーシャの頬を流れ落ちた。そのとき――

「誓――わねぇよ、この糞野郎っ！」

この瞬間、何が起こったのか理解できた者は一人もいなかっただろう。

シアーシャも無論、その一人だ。

「シア！　防御をっ！」

それでも、龍一郎が叫ぶ声に、反射的に魔力を練る。腕を捩じり上げられていようが、関係ない。

これまでに何十回、何百回と使った魔法陣をほとんど無意識に構築した。

周りの衛兵の体がシアーシャのそばから弾き飛ばされる。

「リュー様っ！」

それらの者たちには目もくれず、立ち上がり、彼女はまっすぐに龍一郎に走り寄る。

その間にも、龍一郎が玉座まで駆け上がり、そこに座っていた王を引きずり倒して、先ほどのシアーシャのように後ろ手に腕を捩じり上げていた。

「動くなっ！　――シア、こっちへっ」

片手で王の動きを封じつつ、もう片方の手から次々と発せられる魔法の光は、龍一郎が構築した魔法陣のものだろう。

「リュー様っ」

「ひどい目にあわせてごめん。一番油断するだろうタイミングを計ってたんだけど……もっと早く、ネタ晴らしすりゃよかった」

「いいえ……いいえっ」

何がどうなっているのか、まだ分からないながらも、目の前にいる龍一郎が何時も通りの彼であることにシアーシャは安堵する。

「こ、これは……陛下っ！　貴様、陛下に何をするっ？」

階の下では、宰相が血相を変えて叫び、衛兵らがこちらに近寄ろうとしているが、最初の段に足をかけただけでその先に進めないようだ。おそらくは、龍一郎の放った魔法の効果だろう。

「……腐ってるとは思ってたが、予想以上だ。こんな国を守るために、俺の御先祖は罪悪感にさいなまれて死んだかと思うと、胸糞が悪くなる」

冷たい目をして、彼らを見下す龍一郎に、宰相が疑問の叫びを上げた。

「き、貴様……なぜだっ？　なぜ、魔法契約が効かないっ？」

「よほど俺を甘く見てたんだなぁ……まぁ、どうでもいいけど」

せせら笑う龍一郎の足元では、王が青い顔で蹲っている。よほどきれいに押さえつけられているのか、身動きすることすらできないようだ。

「その御大層に掲げてる署名だけどな。それ、俺の名前じゃねぇよ」

「なっ？　……だが貴様は、確かに認めたはずだ。これが貴様の名だと」

龍一郎が告げた言葉に宰相が叫び返すが、それに動じることもなく彼は言葉を続ける。

「そうだっけ？　あのとき、俺がなんて言ったか、正確に思い出してみろよ？」

その言葉に、とっさにシアーシャも記憶の中を探る。宰相が確認の問いかけをしたときに彼が言ったのは、『それはスダリュウイチロウと読む』との言葉だったはずだ。

「な？　あれが俺の名前だとは、一言も言ってないよな？」

「で、でたらめを書いたと言うのかっ？　だが、あの魔法皮紙には真実を判定する機能が……それに、貴様が以前、神殿で書き記したものとも合致したと……」

「でたらめじゃないし、嘘でもないし、ついでに言えば、前のも仕込みのウチに決まってるだろ」

「……リュー様……」

緊迫した場面ではあるが、それでもシアーシャの口からはあきれた声が出てしまう。

一体、何時から考えていたのか？　神殿で、と言うが、それは数ヶ月も前のことだ。どうやったら、こんな状況を想定することができたのか？

戸惑うシアーシャに、龍一郎は安心させるように笑いかけた後、種明かしを続ける。

「あれは――俺が書いたのは、確かに『スダリュウイチロウ』と読める文字だ。だけどな。俺の母国の文字には同じ読み――音を表す字が山ほどあるんだよ。でも、一文字でも違えば、それは俺の名前じゃない。あれが俺の名前と認めたわけでもなく、ただの同じ音を表す字を書いて、それでなんで俺を縛れると思った？」

シアーシャは知らぬことだが、以前、教皇に問われ、先ほど署名を求められた折も、龍一郎が書いた文字は『須田龍一朗』。最後の一文字が彼本来の名前とは異なるが、それでも確かに『リュウイチロウ』と読めるものだ。

「だ、だが……それでは、貴様は貴族には……侯爵だぞ？　領地も……」

罠にかけるつもりが、それを逆手に取られたと、宰相もようやく理解したようだ。それでも、まだ信じられない様子で、そんなことを呟いている。

「そんなもん、誰が欲しいって言った？」

けれど、龍一郎はバッサリと切って捨てた。

「俺が欲しいのはシアだけだ。だからこそ、柄でもない勇者なんて役をやってきたんだよ」

「貴様……っ」

「勿論、純粋に労働の対価として衣食住を保障してくれるってのなら、断る理由はなかったさ。だけど、あんなものまで持ち出されちゃなぁ……」

小さなため息は、それでも、最後の最後までこの国の誠意を待っていたからに違いない。

「なんで俺があんな小細工を見破れないなんて考えたかなぁ？　隠してるつもりだったんだろうけど、妙な魔力をまとってることなんて、一目見りゃ分かることなのに」

「……貴様っ」

すでに、宰相はその言葉を繰り返すことしかできないようだ。

そして、龍一郎は、そんな宰相と、いまだに足元で蹲っている王を交互に見る。

「魔津波の大本までぶっ飛ばして、もう義理は十分に果たしただろう？　これから先は勇者なんてものは必要ない。だったら、俺ももういらないはずだ、あきらめな」

諭すように告げた言葉に、しかし、宰相はいまだあきらめがつかないらしい。

「その力……その知略っ。それがあれば、我が国は世界の覇者となれるものを……」

「……魔津波が消えたから、今度は外に打って出よう、ってか？　やめとけ、やめとけ。古今東西、そんなことを、しかも他人の力をあてにして成功した奴なんかいないんだよ」

「貴様に何が分かるっ！　我らの始祖は、国を滅ぼされ、こんな場所に流れてくるしかなかった……故国に戻ることも叶わず、百年ごとの魔津波におびえ、勇者などという、どこの誰とも分からぬ得体の知れない者にすがるしかなかった、この無念が……っ！」

その怨嗟の声を、龍一郎はあっさりとあしらう。

「なんとかしたけりゃ、千年も時間があったんだ。その間に、どうとでもなっただろ？　それを怠ったのは自分たちだろうに、俺に今更言われたって知るかよ」

そして、これ以上の問答は無益と判断したのだろう。足元にいた王から手を離し、その体を階の下に向かって蹴り飛ばす。

「陛下っ！」

「そ、そ奴を捕らえよ！　多少の傷には目を瞑る！　なんとしてもこの場から逃すなっ！」

すぐさま宰相が駆け寄り助け起こした王が、顔を真っ赤にして怒鳴る。

それ以前から近衛が応援を呼んでいるのだが、龍一郎が施した出ていくことはできても入ることができない魔法陣のために、援軍は入り口付近で山になっている。

「……もう一度だけ、御先祖に免じて言ってやる。ようやく突破口もできたんだし、外に出たきゃ出るといい。けど、妙なことは考えず、今あるものを大事にするんだ。それと……もし、また勇者に頼ろうと思っても無駄だぞ？　もう、二度と『勇者』は現れない。この先は何があろうと、自分たちの力でやるしかないってことを、肝に銘じておくんだな」

それだけを告げ、龍一郎はシアーシャに向き直る。

「待たせたね。それと、さっきは痛い思いをさせてごめん」

「リ、リュー様……」

彼はもうすべてが終わったかのように笑ってみせるが、シアーシャはそれほど楽観的にはなれなかった。

ここは王宮の奥深く――この場はしのげたとしても、到底逃げ切れるとは思えない。

けれど、それすらも龍一郎は織り込み済みだったようだ。

ふわり、と魔法の気配がしたかと思うと、彼とシアーシャの立つ床に魔法陣が出現する。

「開発中の転移の魔法陣だよ。一応実験はしたんだけど、万が一失敗だと死ぬ可能性もあるんで、そこは先に謝っとく。ごめん」

最後の最後に大博打とは——いかにも龍一郎らしい。

「リュー様とご一緒できるなら本望です」

もしここでなんとか逃げ延びたとしても、どのみち捕縛され、待っているのは生涯にわたる神殿での幽閉だ。

龍一郎と引き離され、そんな境遇に落とされるよりも、共に死ねるのならそのほうがマシ——いや、ずっといい。

しっかりと龍一郎と抱き合い、最後にシアーシャが目にしたのは、彼が術式を解除したことで入室できるようになった近衛兵が武器を構えて突進してくる様子と、その後ろで目を丸くしている王とその側近たちの姿だった。

エピローグ

港町を見下ろす丘に吹き付けてくる風は、湿り気と共にわずかな塩気を含んでいる。

空は高く澄み渡り、周囲の木々は濃く色づいて、もうすぐ冬が来ることを教えてくれていた。

その丘に立つシアーシャの目には、故国にはなかった『海』が映っている。

「シアー、あんまりそこにいると、体が冷えるよ。こっちに戻っておいで」

呼ばれて振り返ると、暖かそうなショールを手にした龍一郎がいた。

彼女は彼のところへ駆け戻る。ふわりとショールを羽織(はお)らされ、その温かさにほっと小さなため息が出た。

「ありがとうございます、リュー様」

シアーシャがまとっているのは、巫女(みこ)の衣ではない。勿論(もちろん)、貴族の令嬢が身に着けるようなドレスでもなく、その辺りの町娘が着ているなんの変哲もない服だ。

「海が好きなのは知ってるけど、そろそろ冬だし、ちゃんと暖かくしとかないと……ほら、やっぱり指先とか冷たいし」

ちゅっと、シアーシャの指先に口づける龍一郎もまた、黒一色の勇者の服装ではなくなっている。

濃い茶色のズボンに、生成(きな)りのチュニック。足元は革製のブーツで、濃紺の上着を羽織(はお)り、腰に短剣を携えた姿は、やはりどこにでもいる一般人にしか見えない。

「リュー様っ！　お二人が見てらっしゃいますっ」

「ん？　気にしないでいいよ？」

「そういうわけにはまいりませんっ」

龍一郎のあけすけな愛情表現にはだいぶ慣れてきたとはいえ、見物人がいるのなら話は別だ。

シアーシャは急いで龍一郎の手から自分の指を取り戻し、振り返る。案の定、妙に温かな目をしてこちらを見ているスオヴァネンと、周囲を警戒するふりをしてそっぽを向いているゴドーの姿があった。

「我々のことはお気になさらず、その辺の木石と思ってもらって結構です」

「ほら、スオウもそう言ってるし」

「ほら、じゃありませんっ」

揶揄われているのは分かるが、まだシアーシャはそれに上手く返せない。真っ赤になってしまった顔を隠そうと龍一郎に背を向けると、羽織ったショールごと抱きしめられた。

「……ほら、あの船。あれに乗るんだ。冬になると海が荒れるから、このシーズンの最後の船だってさ。間に合ってよかったよ」

龍一郎が指さす先には、港に停泊中の白い帆を張った大型船が見える。行く先は遠く海を越えた東の国だ。

「でも……本当によろしかったのですか？　私とリュー様はともかく、スオヴァネン様にゴドー様まで？」

「師匠についていきたいと願ったのは私のほうです。それがどこの国だろうと変わりませんよ」

「私もです。勇者――ではなくスダ殿をお守りするのが、私の務めと心得ます。私などに守られずとも、十分にお強いのですがね」

ここに至る道すがら、何度も確認したことだが、二人の決意は変わらないようだ。

「俺としちゃ、シアと二人きりのほうがいいんだけど……成り行きというか？　まぁ旅は道連れって言うしな」

そう言って笑う龍一郎だが、『あのとき』は本当に驚かされた。


『開発中の転移の魔法陣だよ。一応実験はしたんだけど、万が一失敗だと死ぬ可能性もあるんで、そこは先に謝っとく。ごめん』

『リュー様とご一緒できるなら本望です』

そう告げた瞬間、眩い光に包まれた。

とっさに目を閉じ、再び開けたときにシアーシャが立っていたのは王宮の床の上ではない。

「……リュー様……ここ、は？」

見回す限り、周囲は荒涼としており、人家があるような場所ではないようだった。ところどころ灌木がはえており、大きな岩があちこちに転がっている。

そして、なぜか旅装を整えたスオヴァネンとゴドーまでいた。

「大昔――まだこの国に、今の王家の先祖が来る前ね。そのころに住んでた人が、魔津波から避難するための場所だよ」

龍一郎に説明され、確かにそんな話を聞いたことがあると思い出す。

ほら、あれ――と指し示され、ただの岩だと思っていたものが、実は風化した石積みであることに気がついた。

「何しろ千年以上昔のだから、もう使えるわけがないんだけど、いい目印にはなったよ」

「どういうことですか？」

「話せば長くなるんだけど……要するに、俺はこの国を信用してなかったってことかな」

龍一郎にそう言わしめたのは、これまでの己への扱いや、過去の勇者に関する情報を知ったことに加え、あの遺言ともいえる初代の手紙のせいだった。

使い捨てとまでは言わないが、役目を終えた勇者がその後、飼い殺しとも言えるような状況に置かれるのを予想し、ならばいっそ、この国を出ていこうと考えていたらしい。

ただしそれは、本来はもっと穏便な形で行われる予定で、スオヴァネンとゴドーにここで待機してもらっていたのは、あくまでも念のためだったというが――

「まさか、あそこまで腐ってるとは思わなかった。魔法契約で縛ろうとするのは想定内だけど、シアを排除して娘を嫁にしろだとか、山が崩れて道ができたと分かった途端、外に戦争を仕掛けようだとか……アレだよなぁ。引きこもりすぎて、まともな判断ができないんだろうなぁ」

「私とゴドー殿は、数日ここで過ごした後、師匠がおいでにならなければ国に戻る予定でした」

「さっきの転移だけど、目標座標にスオウを設定してたからね。そして、できれば開けてて障害物のない場所が望ましい――人目につかずにそんな場所となると、ここがうってつけだったってこと」

「少々興味がありまして、師匠に願って討伐の間にこっそりと調査をしておりました。それが役に立ちました」

龍一郎の言葉をスオヴァネンが補足する。

道理で、時たま姿が見えなくなっていたわけだ。

「……曽叔父(ひいおじ)さんは、この国の歴史に幕を引いてほしいって書き残してたけど、そんなこと言われてもさすがに俺の手には余るよ。紙切れ一枚でそんな責任を負う気もないし。でも、曽叔父(ひいおじ)さんの気持ちも分からないでもない。だから、魔の森を消滅させて、もう魔津波が起こらないようにした。ちょっと予定外だったけど、外に出るための道もできたし、これでとりあえずは、この国の歴史ってやつに一旦幕を下ろせたと思うんだ」

祖国を滅ぼされ、苦難の末にこの場所にたどり着き、魔津波と戦いながら次第に形を整えてきた『国としての在り方』が、ここで終わる。更には、他国との交流を阻(はば)んでいた険(けわ)しい山に突破口が生まれたことにより、否応(いやおう)なくこの国は『新しい在り方』を模索していくしかなくなった。

勇者はもう来ない。来る必要がない。

この国に生きる者だけの力でやっていくしかないのだ。

「いろいろあったけど、シアと出会わせてくれたことには感謝してるんだ。それに、まだここにはベッツリー団長たちもいる。そこを亡ぼすなんて俺にはできないよ」

龍一郎が本気を出せば、おそらく国ごと滅することも不可能ではないだろう。そうしなかったのは、何も知らない人々のことを思いやった末のことだ。

「もしかすると、この国のトップの連中には、あそこで消滅させられてたほうが楽だったかもしれないけど……マジで、シアに乱暴した奴ら、消し炭にしてやりたかった。我慢した俺、えらいよな」

後半はともかく、前半についてはシアーシャにも分かる。

王や宰相は、打って出ることしか考えていないようだったが、外に出られるということは、外から中に入ってもこられるということだ。

あれほど巨大な爆発だ。当然、周りにある国も気づいただろう。

魔津波という障害もすでにない今、虎視眈々と狙われるのは一体どちらなのか……？

「師匠は、ほんとに性格がお悪いですね」

「頼まれたことはやったし、俺が被害を出したわけでもないし、これ以上求められても困るよ」

スオヴァネンがあきれた声を出し、ゴドーは黙って頷いて龍一郎に賛同の意を表す。

「と、まぁ、そういうわけで――これで俺たちは自由だ！　どこへ行こうと何をしようと好きに動ける。これこそ異世界召喚の醍醐味ってやつだな」

「旅の間の資金は、神殿からたっぷりと頂いてまいりましたので、ご安心ください」

「貧乏子爵の出ですが、その分、市井のことには通じております。そちらにつきましてはどうかお任せを」

そう言って笑う男三名に、シアーシャも笑顔になる。

何時の間にかスオヴァネンとゴドーも同行することになっているようだが、資金も俗世に通じた存在も大事なのは確かだ。何しろある意味『箱入り』を極めたようなシアーシャと、異世界から来てこちらのことはほとんど何も分からない龍一郎と、学者バカのスオヴァネンでは、たちまち路頭に迷うのが火を見るよりも明らかである。

スオヴァネンの言った『資金』の出所については少々気になるが、些細なことだと考え直す。

「さて、まずは山越えだ。その後は、足の向くまま、気の向くまま……シアは、どこか行きたいとことかある？」

そう問われ――とっさにシアーシャの頭に浮かんだのは、書物のみで知る場所だった。

「……海というものを見てみたいです」

「よし、んじゃ、それでいこう！」

「師匠……我々の希望は訊いていただけないので？」

「んなの、シアの後に決まってる」

一応、訊く気はあるらしい。それでは、と、次々に行く先の希望を話し出すスオヴァネンを他所に、三人は一歩、足を踏み出した。


そして今。

「――そろそろ宿に戻ろうか？　明日に備えて、今夜は早めに寝ないとだし」

「はい、リュー様」

あの一歩から始まった旅は、まだまだ道半ばだ。

東の国に旅立ったとしても、そこが最終目的地になるとは限らない。

またここに戻ってくるかもしれないし、二度と戻らないかもしれない。

けれど、どこへ行こうともシアーシャの隣には龍一郎がいて、龍一郎が行くところにはシアーシャもついていく。

それだけは確かで、それ以外のことは必要ない。

「愛してるよ、シア」

「私もリュー様を心からお慕いしております。どこまでもずっと一緒です」

二人が背にした丘の向こうに夕日が落ち、二人の長い影が海に向かって伸びる。

それが寄り添い、一つになり――まるで二人の行く末を暗示しているかのようだった。

甘々新婚ストーリー！

ひきこもり令嬢でしたが絶世の美貌騎士に溺愛されてます

砂城（すなぎ）

イラスト：めろ見沢

定価：704円（10% 税込）

前世が「喪女」OLだったヴァレンティナ。その記憶のせいで婚約破棄されて以来、領地にひきこもり内政に励んでいた。それを心配した姉が彼女をパーティーに参加させるが、そこで十歳以上年上の騎士に襲われてしまった!!　彼にも事情があったらしいのだが、責任をとった形で結婚することになって——!?

詳しくは公式サイトにてご確認ください

https://noche.alphapolis.co.jp/

携帯サイトはこちらから!▶

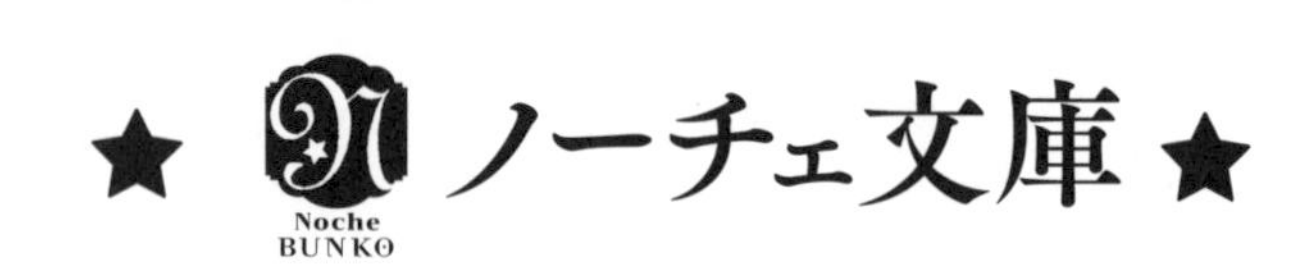

二度目の人生は激あま!?

元ＯＬの異世界逆ハーライフ 1～2

砂城（すなぎ）

イラスト：シキユリ

定価：704円（10% 税込）

異世界で療術師として生きることになったレイガ。そんな彼女は、瀕死の美形・ロウアルトと出会い、彼を救出したのだが……。「貴方に一生仕えることを誓う」とひざまずかれてしまった!!　別のイケメン冒険者・ガルドゥークも絡んできて、レイガの異世界ライフはイケメンたちに翻弄される!?

詳しくは公式サイトにてご確認ください

https://noche.alphapolis.co.jp/

携帯サイトはこちらから!▶

この作品に対する皆様のご意見・ご感想をお待ちしております。

おハガキ・お手紙は以下の宛先にお送りください。

【宛先】

〒150-6008 東京都渋谷区恵比寿4-20-3 恵比寿ｶﾞｰﾃﾞﾝﾌﾟﾚｲｽﾀﾜｰ8F
（株）アルファポリス　書籍感想係

メールフォームでのご意見・ご感想は右のＱＲコードから、
あるいは以下のワードで検索をかけてください。

ご感想はこちらから

薄幸(はっこう)の巫女(みこ)は召喚勇者(しょうかんゆうしゃ)の一途(いちず)な愛(あい)で護(まも)られる

砂城（すなぎ）

2023年 8月 31日初版発行

編集－黒倉あゆ子
編集長－倉持真理
発行者－梶本雄介
発行所－株式会社アルファポリス
〒150-6008 東京都渋谷区恵比寿4-20-3 恵比寿ｶﾞｰﾃﾞﾝﾌﾟﾚｲｽﾀﾜｰ8F
TEL 03-6277-1601（営業） 03-6277-1602（編集）
URL https://www.alphapolis.co.jp/
発売元－株式会社星雲社（共同出版社・流通責任出版社）
〒112-0005 東京都文京区水道1-3-30
TEL 03-3868-3275
装丁イラスト－めろ見沢
装丁デザイン－AFTERGLOW
（レーベルフォーマットデザイン―團 夢見（imagejack））
印刷－図書印刷株式会社

価格はカバーに表示されてあります。

落丁乱丁の場合はアルファポリスまでご連絡ください。

送料は小社負担でお取り替えします。


ISBN978-4-434-32474-1 C0093